「トンボヶ原」で…

失ったのなら創り直せばいい

目次

一、休暇願い

山に程近いＪＲのローカル線の無人駅にひとり降《お》り立った正也《せいや》は、両腕を伸ばして思い切り背伸びをした。

「あぁ～、東京を出てから三時間か。時刻表も調べずに適当に乗り継いで来たから思ったより時間がかかったなぁ」

正也は独り言を言いながらホームを歩き、辺《あた》りを見回すと遠くには緑明るい樹々《きぎ》に覆《おお》われた山とホームのすぐ近くには車両の少ない国道が見え、その周囲には植えられて間もない青々とした稲のある水田が目に入った。

普段吸っている都心の空気と違い濃いのではないかと思われる空気を正也は胸一杯に吸い込んだ。そして初夏の午後の日差しを暑く感じ、着ていた白いポロシャツの袖を肩までたくし上げながら、駅舎の陰のベンチに腰をかけた。

辺りには自分以外に駅員すら見当たらない、そんな周囲の景色を見ながら正也は何とも不思議な気持ちになった。

〝一昨日《おととい》の今頃はクレームの処理で相手の会社へ行って散々頭を下げて、その帰りのスーツ姿の人間でいっぱいの地下鉄の中だった…。同じ時刻なのに此所《ここ》とは比べものにならない。長閑《のどか》だなぁ…。本当に同じ国なのかなぁ…。〟

緑の山々を見ながらそんな事を考えていた正也は、ふと休暇願いを出した時の上司《じょうし》である寺原《てらはら》との会話を思い出した。

「あのぅ課長、これをお願いしたいんですが…」

ゴールデンウイーク明けの水曜日、時刻は夕方の六時を過ぎオフィス内では数名の者が残業をしていたが、正也は席を立ち奥の席に居た寺原に背中を丸めながら一枚の書類を手渡した。

「うん、何だいこれは？　田中君」

寺原は二つ折りにされていたA５サイズの紙を受け取り、それを開いた。

「ふぅん、休暇の申請かい？　えっ一週間も⁉　何かあったのかい？」

「いえっ別に何かあったという訳じゃないんですが、ここの所土日《どにち》祝日も返上で休みが取れてなかったんで…」

「あぁそうか、君は先週のゴールデンウイーク中のイベントでも休まずにずっと出ていてくれたんだったね」

「ええ、それも有りますし…」

「そうか、そうだよな。それじゃあ身体《からだ》も疲れてるだろうし、その代休か。うん、大丈夫だと思うよ」

寺原は納得したように頷《うなず》いたが、次の瞬間何かを思い出したように左手を顎《あご》にあてがい正也から視線を逸《そ》らせた。

「何か問題がありますか…？」

正也は不安気《げ》に口ごもった。

「…いや、問題は無いと思うが、今回のイベントの伝票処理やクライアントとの後の打ち合わせ、それに次の八月の食品の見本市のイベントは確か君が担当だろう？　その辺りは大丈夫なのかい？」

「ええ、休暇の申請は来週からですし、充分時間は有ると思います。八月の見本市の件も先方とはよく話をしてますんで」

「ふぅん、そうかい。それじゃ大丈夫だろう。君は有給も取らないし、社員をあまり働かせ過ぎるのは良くないって、この間《あいだ》人事部からお達《たっ》しが来てるからね。それなら、これは私から人事部へ廻《まわ》しておくよ」

「ありがとうございます。お願いします」

頭を下げて席へ戻ろうとする正也に寺原が後ろから声をかけた。

「あっちょっと待った。…あぁでもいいか。何でもないよ」

寺原は何か言いた気だったが、それを取り消すような作り笑顔を見せた。正也はその寺原の態度が少し気になったが、かまわず席に戻りその日の残業を続けた。

二日後、時刻は午後八時を過ぎていたが正也がひとりオフィスに残って残業をしていると、オフィスのドアが開いた。

「あっ田中君、まだ残ってたのかい？」

入って来たのは寺原だった。

「ええ、もう終わりにしようと思っていた所ですが…」

「そうかい御苦労さんだね。この間の休暇届、人事部へ出しておいたけど問題は無さそうだよ」

「そうですか。ありがとうございます」

「それで、その件なんだけど、今少し時間が取れるかい？」

「えぇかまいませんよ。もう帰ろうと思っていた所ですから」

寺原は正也の隣の椅子に腰をかけた。

「あの休暇は来週の一週間だったよね」

「はいそうですが、何か…？」

「う〜ん、君は入社何年目だったっけ？」

「えっ、僕は三年目ですが…」

「そうか、三年目か…」

寺原は正也から視線を外し横を向いた。

「それが何か？」

「いや君に限ってそんな事は無いと思っているんだが…、もしかして君は今の我社《うち》の仕事に疑問を持ってるんじゃないかと思ってね」

「仕事に疑問…、僕がですか?」

「うん…この前のイベントでも、毎日出てくれたのは君だけだったって聞いてるし、その…〝忙し過ぎる、疲れが溜《た》まる、碌《ろく》に休みも取れない。こんな仕事なんて!〟とか思ってないかな…なんて思ったんだよ」

「いえっそんな事はないですよ。僕はこういうイベントや広告の企画が好きで、我社《ここ》を希望したんですから」

正也は白い歯を見せた。

「う〜ん、そうかい…。ならいいけど、大塚《おおつか》君の事なんかも聞いてるからね…」

大塚というのは正也の三年先輩で、本来はイベントのリーダーとして働かなければならない立場の男だったが、面倒な事は他人に押しつける癖《くせ》があり、今回のイベント中も本人は休みがちでトラブルがあってもそれを他人のせいにして本人は責任を回避していた。

大塚はいわゆるトラブルメーカーであり、無責任な男として社内で問題視されている男だった。

「あぁ大塚さんの件ですか…、僕はあの人の事は別に何とも思っていませんよ。イベントも無事に出来ましたし…」

「そうかい…。それならいいんだけど…」

寺原は疑うような目を正也に向けた。

「いえっ本当にそんな事は気にしてませんよ」

正也は右手の平を寺原に向け、作り笑顔を見せた。

「そうか、それなら私の老婆心《ろうばしん》という奴か…。いや実は私も今の君と同じ入社三年目に仕事に疑問を持った事があってね」

「課長がですか?」

「うん。私の入社三年目…、丁度《ちょうど》その頃はバブル景気の時代だったんだよ。君も聞いた事があるだろう?」

「ええ勿論。聞いた事はありますが…」

「あの頃は滅茶苦茶《メチャクチャ》だったよ。朝は八時前に出社、いや酷い時は七時前に出社した事もあったなぁ…。そして会議、打ち合わせ、書類をたくさん作って、関連会社と相談して企画書を作って…、会社を出るのがいつも十時、十一時だった。

本当にあの頃は忙しかったよ」

寺原は当時を思い出すように、遠い目をして語った。

「そうだったんですか…」

「あぁ、当時私は君と同じ営業職だったから残業手当はつかなかった。でもその分《ぶん》賞与は良かったけどね」

寺原は笑顔で向き直った。

「へぇ、そんな事が…」

「うん。でも土日祝日も出勤が多かったし、毎日睡眠時間も四時間位で、たまの休日は一日中家で寝ていたよ」

「それで仕事に疑問を持ったんですか?」

「そう。友達は流行《はや》りの服がどうだとか、ゴルフを始めたとか、彼女とどこかへ行ったとか、近々結婚するなんて奴も居たけど〝自分は何をやっているんだろう。このまま歳《とし》をとってしまうのか？〟なんて考えるようになってね」

正也は黙って頷いた。

「それで、当時上司だった広瀬《ひろせ》さんに相談したんだ」

「広瀬さんて、昨年退社された広瀬常務《じょうむ》ですか？」

「そう。あの方《かた》は営業の叩《たた》き上《あ》げだったし、下の者の気持ちをよく分かってくれる人だったからね」

「へぇ…」

「そうしたら広瀬さんに言われたんだ。『こんな中身の無い好景気なんかそんなに長く続く訳が無いから、もう少し我慢してくれ』って。私は少し不満もあったけど、広瀬さんの言った通り翌年バブルが崩壊して、仕事も一気に減ったんだよ」

「へぇ、そんな事が…」

正也は納得顔で頷いた。

「あぁそうそう、その時に広瀬さんがこんな事も言ってたなぁ。『嫌《いや》な事からは逃げちゃだめだ』って」

「逃げる？」

「そう、嫌な仕事や苦手《にがて》な事から逃げたり、避けて通ろうとすると人間として成長しないってことさ。我慢する、頑張るって事はきっと後の人生にプラスになる。努力は無駄《むだ》にならないって事だよ。私もあの時、広瀬さんからそれを聞いて今日まで頑張って来る事が出来た気がするんだよ」

「う〜ん…、あっそれで当時の課長の様に今の僕も仕事に疑問を持ってるんじゃないかって思われたんですね」

「うん。入社三年目で忙しいっていう状況が当時の私の姿と重《かさ》なったんでね。でもそうじゃないと分かったから、もう大丈夫だ。

あぁそう言えば、休暇中はどうするのかはもう決めてるのかい？」

「いえっ今のところ特に決めてませんが、東京《こっち》を離れてどこかの温泉へでも行って、少しのんびりしようかなと思ってます」

「そうかい、それなら私は群馬の草津温泉《くさつおんせん》を推薦《すいせん》するよ。あそこは家族旅行でも行ったけどとても良いお湯だったよ」

「草津温泉…、考えてみます」

「うん、あそこは良かったよ。あっお土産《みやげ》とかは気を使わなくていいよ、ハハハ…」

そう言って寺原は席を立ち、オフィスから出て行った。


〃そうなんだ、寺原課長は思ったより神経が細かい人なんだ…。僕の事も心配していてくれたんだ。有り難いなぁ…。〃

正也は脇に置いていた紺色の肩掛けバッグを引き寄せ、ファスナーを開けタバコと携帯用の灰皿を取り出し、一本のタバコを口にした。

正也自身、普段タバコはほとんど吸わなかったが、何故《なぜ》かその時に吸いたくなった。また、駅のホームが禁煙であることは勿論承知《しょうち》していたが、〃こんな田舎の無人駅、おまけに自分以外の人間が見当たらないのだからかまわないだろう。〃そう思ってタバコを吸い始めた。

一息《ひといき》煙を吸い込むと正也は軽い目眩《めまい》を覚えた。

〃無理もないな、今日は電車に乗りっぱなしでずっと吸えなかったからな…。〃

正也は目の前に広がる田園風景を眺めながら、ぼんやりと考えた。

〝そうだ、確かに入社してからの三年間働き詰《づ》めだった…。有給休暇なんて取った事も無かったし、土日出勤の代休もほとんど取ってない…。会社ってこんなものかなって思ってた。今の仕事を辛《つら》いとか嫌だとかは思っていない。いやむしろ面白《おもしろ》いと思っているし、やりがいも感じている筈《はず》だけど…。〟

正也の吐き出す煙が、ゆるやかな初夏の風に吹かれて舞っていった。

正也はくわえタバコのまま、右側の柱に掛かっていた電車の時刻表へと目を移した。

〝次の草津方面へ行く電車は…、まだ二十分以上あるのか。本当にのんびりした所だなぁ。でも寺原課長が薦《すす》めてくれた草津温泉ってどんな所なんだろう、自分への褒美《ほうび》の意味も兼ねて少し贅沢《ぜいたく》してみようかな…。〟

正也はそんな事を考えながら、ひとりほくそ笑んでいた。

二、不機嫌な女性《ひと》

「ウッ…、ゴホッゴホッ」

正也が座っていたベンチから少し離れた改札口のそばで咳込《せきこ》む声が聞こえ、正也が慌《あわ》てて振り返るといつの間にかそこには一人の若い女性が日差しを避けるように立ち、右手で口を覆いながら正也を見つめていた。

「あっ、す、すみません！」

正也は慌てて左手に持っていた携帯用灰皿で吸っていたタバコをもみ消し、女性に頭を下げた。

「駅のホームが禁煙なのは常識《じょうしき》でしょう！」

女性は正也を睨みつけてそう言い放ち、正也はばつが悪そうに女性から目を逸《そ》らせた。

〝運悪く風下に居て、煙が向こうへ流れていたのか、何だか気位《きぐらい》の高そうな女性《ひと》だなぁ…。でもあの女性《ひと》いつからあそこに居たんだろう…？〟

正也はそう思ったが、何となくその女性が気になった。

その女性はどことなく都会的な雰囲気を羽織《はお》っていた。年齢《とし》は二十代の中頃、花柄のブラウスに明るい紺色のスカート、履き物も流行《はや》りのサンダル、髪を濃い栗色に染め、大きめのブランド物のバッグを持ち、壁にもたれかかるように女性はそこに立っていた。しかしその目は虚《うつ》ろで、ぼんやりと遠くの山々を見つめていた。

〝こんな田舎の無人駅に居るのに何とも垢抜《あかぬ》けしているというか、整《ととの》った服装の都会的な美人だなぁ…。僕と同じで東京からの一人旅かなぁ…。〟

正也は横目でチラチラとその女性を盗み見ながら、そう思った。

〝いや、こんな事をしてるとまた怒られるかも知れない。〟

正也は思い直し、その女性に背を向けバッグからスマートフォンを取り出すとこれから行く予定の草津温泉について調べることにした。

〝ふぅん、草津温泉って随分《ずいぶん》広いんだ…、宿も沢山《たくさん》あるな。これなら予約を入れなくても自分で見て気に入った旅館に泊まれそうだなぁ…。へぇ、大きな露天風呂もあるのか…、まるでプールだ！　ほう、群馬はリンゴが名産なのか。会社の人達のお土産に買って帰ろうかなぁ。温泉街のすぐ奥にスキー場もあるのか、今は夏だからスキーは無理だけど…、グラススキーが出来るのか。それにハンググライダーも出来るんだ。でも僕は高所恐怖症だからなぁ…。近くに美術館や記念館もあるんだ。でも少し遠いかなぁ…。〟

正也はスマホの画面を見ながら、今日以降草津温泉で何をしようかと思いを巡《めぐ》らせてひとりほくそ笑んでいた。

〝食べ物は…、麺類、群馬県は麺が美味しいのかな、でも群馬は海無《うみな》し県だから魚介類はどうなんだろう…？　少し贅沢して普段は食べられない様な物でも食べたいなぁ…。〟

そんな事を考えていた正也がふと我に返り、腕時計を見ると随分時間が経《た》っていた。

〝あれっおかしいな、もう次の下り電車が来る時刻だけど…。〟

正也は立ち上がり、壁の時刻表に目をやったが、やはり電車が来る時刻を十分以上も過ぎていた。

〝えっどうして電車が来ないんだろう…？〟

そう思った正也は周囲《あたり》を見回したが、周囲は正也がこの駅のホームに降り立った時と何ら変わりなく、青々とした山々と水田の上を初夏の風が吹き渡ってゆくだけだった。

〝地方のローカル線ではよくある事なのかなぁ…!? さっきの女の人は…?〟と正也が女性の立っていた改札口の方を振り返ると、そこには先程と同じ場所にさっきの女性が壁を背にぼんやりと立たずんでいた。

正也は声を掛けようかと思ったが、思い直し、〝まぁ少し遅れているだけだろう。きっとその内に来るさ。〟とベンチに腰をかけようとした時、改札口からひとりの中年の女性がホームへ駆け込んで来た。

「あっお客さん、申し訳ありませんが次の電車は当分《とうぶん》来ませんよ」

「えっ電車が来ないって、どういう事…?」

驚いて聞き返す正也にその女性は続けた。

「今、本部から連絡があったんですけど、この先で土砂崩《どしゃくず》れがあって線路に樹がかかってしまったんで、しばらく運行が出来ないという事です」

「えっそんな！　それじゃ僕らはどうなるんですか？」

「ですから、此所に居ていただいても仕方が無いんで移動していただくしか無いと思いますが…」

「それじゃあタクシーでも呼んでくれるんですか？　それとも…、あっその前にあなたはどなたなんですか？　どうしてこんな事を――？」

「あっすみません。私はそこの売店で働いている者なんですが、こういう事態が起きた時の連絡係の様な者です」

冷静に対応するその女性に、正也は不思議と苛立《いらだ》ちを感じず、むしろその落ち着いた態度に感心してしまっていた。

「そうですか、でも移動するって言っても、どこまで、それにどうやって…？　そちらの女性《ひと》は…？」

正也が改札口の脇に立っていた若い女性に目を向けると、連絡係と名乗ったその女性も釣《つ》られて改札口方向へ目を向けた。

「あっもうひとり居らしたんですね。あなたは…」

声をかけられた若い女性は、壁から離れゆっくりと正也達に近付きながら口を開いた。

「私は…、どうでもいいわ」

「どうでもいいって…、でもあなたもどこかへ行くつもりなんでしょう?」

若い女性は、正也のその質問には答えず、正也を一瞥《いちべつ》すると遠くの山に目を移した。

「そうよね、一昨日《おととい》までけっこう雨が降ってたもんね。山が崩れたって不思議は無いわよね…」

その様子は、まるで他人事のようだった。

「あの、お客さん方はどこまで行かれる予定だったんですか?」

「僕は今日中に草津温泉へ行きたかったんですが…」

「草津温泉ですか…」

連絡係の女性の顔が曇《くも》った。

「近くでしたら私の車でお送りしようと思ったんですが…、草津温泉まではですと少し距離がありますんで…」

「それじゃあタクシーで行って、その代金を出して頂けるんですか?」

「そ、それは…」

「私は栄町《さかえちょう》でいいわ」

遠くの山を見ていた若い女性がポツリと呟《つぶや》いた。

「えっ栄町って、すぐ隣の栄町ですか?」

「そうよ。あそこならちょっとした商店街もあるし、確かビジネスホテルもあったんじゃない。車でも十五分位でしょう」

「ええ勿論、栄町でしたらすぐですけど、お客さんはそこでいいんですね」

地元の地理に全く不案内な正也には、二人の会話が理解出来ないでいた。

「分かりました。それでは栄町までお送りしますけど、こちらのお客さんはどうされますか?」

「…どうと言われても、僕は今日中に草津温泉まで行きたいんだけど…」

「だから、それは難しいって事が分からないの⁉」

困り顔で言葉を濁《にご》していた正也を若い女性が一喝《いっかつ》し、続けた。

「だったら電車が動き始めるまで此所《ここ》で待つか、ひとりでタクシーで行けばいいじゃない！　はっきりしない人ね」

「でも僕はこの辺《あた》りは初めての土地だし…、何も分からないから…」

「だったら、私といっしょに栄町まで行ってそこで考えればいいじゃない。のんびりしてると日が暮れちゃって、本当にこのホームで泊まる事になるわよ」

「う、うん、そうですね…」

正也は気遅れしながらも頷《うなず》くしかなかった。

「それじゃ、お二人とも栄町まででよろしいんですね。分かりました。今、車を持って来ますんでしばらく待っていて下さい」

そう言い残すと連絡係の女性はホームから駅舎をぬけて小走りに外へ出て行った。

〝ふぅ、何だかなぁ…。〟

正也は小さな溜め息をつき、ベンチへと腰をかけた。

しばらくして連絡係の女性は白い小型車を用意すると、それに二人を乗せ駅を離れた。

持っていたバッグを膝《ひざ》の上に乗せ、車の後部座席に腰かけた正也の隣には先程の若い女性が同様に膝の上にバッグを持って座り、正也はその女性から漂《ただよ》う甘い香りが気になった。しかし同時に不安な思いと何とも言えない居心地《いごこち》の悪さを感じていた。

「確か次の交差点の先にビジネスホテルがあったでしょう。私はそこでいいわ」

後部座席の若い女性の指示に従《したが》い、連絡係の女性はホテルの前に車を停めた。そして二人が車を降りるのを確認すると、自分も車を降り二人の前に立った。

「御迷惑をおかけしました。この先の電車の運行については、こちらに問い合わせて下さい」

そう言って連絡先の書かれたパンフレットを二人に手渡し、頭を下げた。

連絡係と名乗った女性の車が走り去るとビジネスホテルの前には二人が残され、正也は女性に話しかけようとしたが、その女性はそれを無視するかのようにさっさとホテルに入って行った。

「えっシングルルームの空《あ》きは無いの？」

「誠に申し訳ありません。本日はシングルの予約が一杯でして、ツインルームなら空きが御座いますが…」

正也といっしょに入って来た女性とフロントの係員のカウンター越しの会話が後ろに立っていた正也にも聞こえた。

「ええ～、ツインルーム⁉」

女性は露骨《ろこつ》に嫌な顔をして正也を見返した。

「あの…、ツインルームを二部屋借りて、シングルの代金という訳にはいかないんですか？」

正也の問いに対応していた係員は困り顔で答えた。

「誠に申し訳ありません。実は当ホテルは今改装中でして、お泊まり頂ける部屋も限られておりまして、本日はそのツインルームも一部屋しか空きが御座いません…」

正也が隣の女性の顔を見ると、相変わらずその女性は不機嫌そうだったが、フロントに向かって口を開いた。

「それじゃあ仕方が無いわね。ツインでいいわ」

「申し訳ありません。それではこちらにお名前と御住所をお願いします」

差し出されたカードを前にして、女性が言った。

「あなた先に書いて」

「えっ、う、うん…」

促《うなが》されて正也が先にペンを取り、自分の住所と名前を書くと、それを見ながら女性も正也と同じ住所、同じ名字《みょうじ》を書いた。

『田中《タナカ》　美雪《ミユキ》』

書き終えると手渡されたルームキーを持って、女性は足早にエレベーターへ向かった。

「あなたも早く来なさいよ！」

命令口調で呼ばれ、正也は慌ててバッグを持ってその女性の後を追った。

部屋に入ると女性は中を見回しながら、閉じられていたカーテンを全開にした。すると明るい外からの光が室内を照らし、女性は持っていたバッグをベッドの脇に置き、自分もベッドに腰をかけた。

「何だか思ったより狭《せま》いのね…。あなたも入ればいいじゃない」

入り口横のバスルームの前に立っていた正也も歩み寄り、室内を見回した。

「そうですね…、確かに狭いですね」

そう言いながら正也も肩に掛けていたバッグを床に置き、椅子に腰をかけた。

「…さぁこれからどうしますかね…？」

「どうって、電車が動き出さないとどうしようも無いじゃない」

「あなたは何処《どこ》へ行くつもりだったんですか？」

「何処って…、私の事よりあなたはどうなの？　先に教えてよ」

女性は少し戸惑ったような仕草《しぐさ》を見せながら正也に視線を戻したが、その態度は相変わらず不機嫌そうだった。

「僕は草津温泉へ行くつもりだったんですけど…」

「あぁそう言えば、さっき駅でそんな事を言ってたわね。仕事なの？　宿の予約は入れてあるの？」

「いえっ僕は休暇を取ってるんです。宿も自分の目で見て決めようと思ってたんで…」

「ふぅん、休暇を取ってひとりで温泉旅行？　いい御身分《ごみぶん》ね」

「えぇまぁ、ここの所会社が忙しかったんで、その分をまとめて一週間程代休を取ったんですけどね…。

　あっそれより、さっきあなたが書いた名前『田中』でしたけど、僕と同じ名字なんですか？」

　正也の問いに女性はベッドに腰かけたまま一層不機嫌な顔つきになった。

「そんな訳《わけ》無いでしょう。他人同士が同じ部屋に泊まるのよ。変に思われたくないからそう書いただけよ。何考えてるの⁉」

「そ、そうですよね。僕もアレッって思ったんで…、じゃあ『美雪』っていうのは本名ですか？」

「そうよ。私の本名は藤岡《ふじおか》美雪《みゆき》よ。あなたは『田中マサヤ』っていうの？」

「いえ、マサヤじゃなくてセイヤ、『田中正也《たなかせいや》』です」

「ふぅん、有《あ》り触《ふ》れた名前ね…」

　美雪と名乗ったその女性は不機嫌な上に、まるで正也を馬鹿にするような口ぶりだった。

しかし正也には腹が立つという感情はあまり湧《わ》いてはこなかった。というのも正也は今まで女性との関わりが少なかった。学生時代から今に至《いた》るまで『恋人』と呼べるような女性との付き合いも無く、一方的な片想いばかりの人生だった。身長が高い訳ではなく、スポーツや勉強が特別に出来たという訳でもなく、いわゆる『イケメン』でもなかった。また友人が多い訳でもなく、学生時代ひとクラスにひとりかふたりは居そうな『目立《めだ》たない存在の草食系男子』という呼び名が当てはまるタイプ、それが正也だった。

そのため、偶然とはいえ同年代の綺麗な女性と同じ部屋で二人きりで居るという状況、それだけで気持ちが落ち着かなかった。

「さっきから何見てるのよ⁉　私達はたまたま泊まる所が無くて同じ部屋に居るだけなのよ。変な気、起こさないでよね！」

正也の気持ちを察《さっ》してか、美雪の声が大きくなっていた。

「わ、分かってますよ。…それで美雪さんは明日以降どうするつもりなんですか？」

「私…、私は『トンボヶ原《がはら》』へ行きたかったんだけど…」

何故《なぜ》かその瞬間《とき》美雪は一瞬悲しそうな目で昔を懐《なつ》かしむような表情になった。

「『トンボヶ原』…？　変わった名前の場所があるんですね」

正也はそれを調べようとバッグからスマホを取り出した。

「ダメよ。そんな物で調べたって分かりっこないわ」

「えっどうしてですか？」

「だって『トンボヶ原』っていうのは、私の妹が勝手に付けた名前だもん。本当の名前は知らないわ」

「それじゃあ、名前も知らない場所へ行くつもりなんですか？」

「…だから、大体《だいたい》の場所は覚えてるから、探してみようかなって思ってたのよ」

「へぇ、それも面白《おもしろ》そうですね」

「そう、面白いと思う？　あっそうだ！　それじゃあさ、そこを見付けるまで私に付き合ってくれない？」

美雪は急に笑顔を見せた。

「えっ付き合えって言われても、電車が動き出すのがいつになるか分からないし、そこへ行く手段が無いじゃないですか」

「大丈夫よ。このホテルからそう遠くない所にレンタカーが借りられる店があるわ。そこで車を借りて――」

「僕が運転するんですか…？」

「そうよ、運転は出来るんでしょう？　それで私を『トンボヶ原』まで連れて行ってよ。いいでしょう。ねっお願い！」

「え～、でもなぁ…」

答えを渋《しぶ》る正也に美雪は立ち上がると顔を近付けて、上目使《うわめづか》いで正也の顔を覗《のぞ》き込んだ。

「ねっお願い。一週間も気ままなひとり旅なんでしょう。一日位私に付き合ってくれたっていいじゃない」

「う、うん。分かりました。…じゃあ一日だけですよ」

美雪の甘美な懇願《こんがん》に正也は思わずそう答えてしまった。

「わっありがとう！　それじゃあさ、食事しながら相談しましょうよ」

そう言うと美雪は正也の手を引いて部屋を出ようとした。

「食事って、どこで…？」

「気が付いてなかったの？　このホテルの一階にレストランがあるのよ。さぁ行きましょう」

美雪に手を引かれて廊下へ出た正也だったが、正也はそれ程腹が減ってはいなかった。

三、『トンボケ原』へ

一階フロントの奥にあったレストランはそれ程広くもなく、四人掛けのテーブルが六、七台有り、夕食の時間にはまだ早かったせいもあり、客はまばらだった。二人は通りに面したガラス窓に近いテーブルに席を取った。

ウエイトレスがメニューを持って来ると、美雪は早速《さっそく》、それを手に取り目を通し始めた。

テーブルを挟んで向かい合わせに座る美雪を見て、正也は改めて美人だと思った。整った目鼻立《めはなだ》ち、シャープな頬《ほほ》のラインには女優を思わせるものがあった。駅のホームで見かけた時から惹《ひ》かれるものを感じていた正也だったが、目の前に座る美雪を見て余計にそう感じていた。またこのような形での女性と二人きりの食事など初めてだった正也は胸の高鳴りを感じていた。

「う〜ん、まずビール。この瓶ビールを二本ね。それからお摘《つま》みはこれとこれ、ピザもいいわね。…食事は後《あと》で頼むから、取りあえずそれだけお願い」

まるで通《かよ》い慣《な》れた居酒屋にでも来ているかのように、美雪はオーダーした。

「ビールも…、僕はアルコールはダメなんですけど…」

「大丈夫よ、ビールの一本位。男でしょう！　それに後は寝るだけなんだから」

「う、うん…」

正也は複雑な顔で、テーブルの上のグラスの水を口にした。

程無く美雪の注文したビールと数種類の摘みが運ばれて来た。

「さぁ食べましょう」

そう言うが早いか、美雪は自分と正也に持たせたグラスにビールを注ぎ「乾杯！」と言って軽くグラスを交《か》わし、そのグラスを口に運び一気に飲み干した。

「あぁ美味しい！　やっぱり夏はビールよね。…えっとマサヤ君だったっけ？　あなたも飲みなさいよ」

「いや、マサヤじゃなくて正也《せいや》です」

「あっそうだっけ、御免なさい。正也君も少し位なら飲めるんでしょう？」

「えぇ、まぁ少しなら…」

そう言って、正也もグラスを口に運んだ。

「それで、正也君は今何歳《いくつ》なの？」

美雪は目の前のビールと摘みを交互に口に運びながら質問した。

「僕は二十五歳ですけど」

「えっ本当⁉　私、三十過ぎだと思ってたわ。だって服装や髪型なんかも若く見えないし、何だか全体的にモサッとしてるんだもん。でもそうすると私の方が少し歳上ね。…で、彼女とか居ないの？」

「ええ、今のところは…」

「そうよね。彼女が居たら一週間もひとりで旅行なんかしないわよね」

矢継《やつ》ぎ早《ばや》に話をしてくる美雪に、正也はただ苦笑《にがわら》いを返すだけで、すっかり一方的な美雪のペースになっていた。

「それじゃ何、毎日仕事して家に帰って寝るだけの生活をしてるの？」

「いや、そんな事はないですけど、正直《しょうじき》毎日忙しくて会社を出るのが九時、十時は当たり前ですね」

「嘘《うそ》っ！　毎日そんなに働かされてるんだ⁉　酷い生活してるのね」

「ええだから今回、溜《た》まった代休を使って温泉へでもって思ったんですよ」

「ふっう〜ん、優雅《ゆうが》なお話ね…」

「美雪さんはどうなんです？　群馬《こっち》の出身なんですか？　どうして『トンボヶ原』とかへ行くんですか…？」

「私？　…私の事はどうでもいいのよ」

「でも明日、その『トンボヶ原』をいっしょに探しに行くんなら理由《わけ》位聞いておかないと…。さっきも此所《ここ》にビジネスホテルがある事や近くでレンタカーが借りられるとか知ってたって事は、やっぱり群馬《こっち》の出身なんでしょう」

正也の質問に美雪は少し困ったような顔になって横を向いた。しかしすぐに口許《くちもと》に笑みを浮かべて向き直った。

「教えてあげてもいいけど、高いわよ」

そう言って正也に向かって左手を差し出した。

「ええ、本気ですか？　参《まい》ったなぁ」

正也は身を反り返して苦笑した。

「ホホホッ冗談よ。馬鹿ね…」

そう言って笑った美雪だったが、その目は笑ってはいなかった。そして美雪はしばらく真顔になって押し黙り、やがて口を開いた。

「そうよ。あなたの言う通り私は此所のすぐ近くの出身よ。だからこの辺りの事はよく知ってるの。でも高校を卒業してひとりで東京へ行ったのよ。だってこんな田舎町、私は好きになれなかったのよね」

「へぇそうだったんですか。僕は今日、東京から来たんですけど…、あぁそれで美雪さんは何だか都会的な雰囲気だったたんですね」

「そう見える? 私も東京《あっち》で色んな仕事をしたんだけど、…いいなって思う仕事…、って言うか、私に合った仕事っていうのに出合わなかったのよね」

「それで地元へ帰って来たんですか?」

「うっうん。…て言うか、私もうすぐ結婚するのよね…」

「えっ、そうなんですか⁉」

正也は驚くとともに少し残念な気持ちになった。

「う〜ん、まぁ東京で知り合った男《ひと》なんだけど…、何でも新潟で百年以上も続いている酒造会社の息子なのよね…。そこの四代目だか五代目の社長になるって言ってたわ…」

「へぇ、それって凄《すご》いじゃないですか。それじゃ美雪さんは、その会社の社長夫人になるんですね」

「…うん…、そうなるかも知れないんだけど…、何だかねぇ…」

美雪の口調が重くなってきた事を不思議に思った正也だったが、言葉を続けた。

「相手が気に入らないとか…?」

「ううん、そんな事無いわ。背も高いし、顔もまぁまぁだし、大学も地元の国立を出てるって言ってたわ。東京で商社に勤めてたって言ってたから、お金もそこそこ持ってる筈だし…」

「それってひと昔前に言われた『三高《さんこう》』っていうんじゃないですか。それで何が不満なんですか?」

「う〜ん、何て言うのかな…、何か面白《おもしろ》くないのよね…」

「面白くない…？」

「だって酒造会社の息子の癖《くせ》にお酒が飲めないのよね。それに何だか真面目《まじめ》過ぎて堅《かた》苦《くる》しいのよ。それにさ、そんな新潟の片田舎なんかに行ったら東京みたいに楽しい事が無いじゃない。そんな所で『社長の奥様』なんて何だかつまらないと思わない？」

「ふぅ〜ん、なる程…」

正也も腕組みをして首を傾《かし》げた。

「私にばかりしゃべらせないでよ。あなた全然飲んでないじゃない。飲みなさいよ」

そう言って美雪は正也のグラスにビールを注ぎ足し、正也に勧《すす》めた。

「えっ、あぁ頂きます」

正也がビールを飲み干すと続けて美雪はビールを注ぎ足し、自分のグラスにも注ぎ、それで二本のビールは空になってしまった。

「あれっもう無くなっちゃった。すみません、ビールもう一本！　それとメニューをもう一度持って来て」

美雪も酔《よ》いが回ってきたせいか、大きな声でウエイトレスを呼びつけ、新たに何種類かの摘みを注文した。

テーブルを挟んで座っていた正也は身体が熱くなってくるのを感じ、軽い目眩《めまい》を覚えてきた。

「…えっと、それでどうして『トンボヶ原』へ行くんですか？」

顔を紅《あか》らめた正也は、自分の舌の回転がおかしくなってきたのを感じていた。

「あぁその事、私が小さい頃家族でそこに行ったのよ。…ほらっ何て言うの、小さい頃の楽しかった思い出の場所ってあるじゃない。そこにもう一度行ってみたいなって思ったのよ。だって新潟へなんか行ったら、しばらく帰って来られないじゃない。だから…」

「あぁそういう事ですか。な～る程」

正也は美雪の気持ちが分かった気がして、大きく頷《うなず》き美雪の顔を見たが、何故《なぜ》か美雪は悲しそうな顔をしていた。

「あの頃は楽しかったなぁ…」

美雪のその呟《つぶ》やきと表情の意味が酔いの回った正也の頭では理解出来なかった。

「あの…、それって何とかブルーっていう結婚前の女性の心情じゃないんですか？」

「あぁマリッジ・ブルーの事？　そんなんじゃないわ！　分かったような事言わないでよ！」

美雪は正也の顔を睨《にら》みつけた。

「あっ、すみません…」

しばらく二人の間に白けた空気が流れた。

「…御免なさい。私、何だか情緒《じょうちょ》が不安定になってるみたい…。あっそうだ、あなたタバコ持ってたわよね、一本ちょうだい」

「えっ美雪さん、吸うんですか？　それに此所は吸ってもいいのかな…？」

「大丈夫でしょう。お客も少ないし」

そう言うと美雪は正也からタバコを受け取り、慣れた手付きでくゆらした。

「あぁきつい。久しぶりだとくるわね…。あなたも吸ったら？」

そう言われて、正也もタバコを一本取り出して一口《ひとくち》吸ったが、同時に頭痛と強い吐き気を感じ、気が遠くなってきた。

「ちょっと、大丈夫?」

「えぇ、何とか…」

そう答えた正也だったが、急に目眩に襲われそのままテーブルに突《つ》っ伏《ぷ》してしまった。

「ちょっと、どうしたの? 大丈夫?」

驚いた美雪が声をかけたが、正也の返答が無いので仕方無く美雪は食事もそこそこで切り上げる事にした。

そしてホテルの従業員に手伝ってもらい、何とか部屋まで正也を運び込んだ。

「御苦労《ごくろう》様。すみませんでした」

美雪は従業員を部屋の外へ送り出すと、室内の照明を落とした。そしてベッドで横たわったまま意識の無い正也のシャツを脱がせシーツを掛けた。

「ふっ、やっぱり思った通り世間《せけん》知らずのボンボンね」

薄暗い部屋の中で、美雪は正也に冷たい視線を注ぎながらそう呟くと口許に怪しい笑みを浮かべた。

「もうそろそろ起きてくれないかなぁ」

美雪の声に正也が目を覚ますと、ベッドのすぐ脇で両手を腰にあてた美雪が正也を見下ろしながら立っていた。

「えっ…、此所はどこでしたっけ？　今何時ですか？」

「あなた覚えてないの？　此所は栄町《さかえちょう》のビジネスホテルよ」

「栄町…？　ビジネスホテル…？」

「そうよ。昨日電車が停まっちゃったんで、二人で此所に泊まる事になったんじゃない。その後、食事してたらあなたが急に倒れちゃったんじゃない」

「あぁそう言えば…、えっとあなたは美雪さんでしたっけ…？」

正也は上半身を起こすと軽い頭痛がした。

「さぁ起きて！　出掛けるわよ」

「出掛けるって…、どこへ…？」

「やだっ、それも忘れちゃったの？　私が『トンボヶ原』へ行くのに付き合ってくれるって昨日約束したじゃない！」

「…そうでしたっけ…」

「そうよ。早く仕度《したく》して！　早くシャワーを浴びてきなさいよ！」

美雪に叱りつけられ、正也は慌てて起きると入口脇のバスルームへ入って行った。まだ頭の中が整理出来てはいなかった正也だったが、温かいシャワーを頭から浴びる内に少しずつ昨日の事を思い出してきた。

〝そうだ。電車が動かなくなってあの美雪っていう女《ひと》とこのホテルに泊まる事になって、二人でビールを飲んでいた辺りまでは覚えてるけど…。『トンボヶ原』…？　そこへ行く…？　そんな約束をしたかなぁ…？〟

シャワーの湯が正也の身体と頭を温めてゆくにつれ、正也は少しずつ頭がはっきりとしてきた。

〝そうか、そう言えばそんな話をしてたんだった。まぁ休暇はまだ何日もあるんだから、今日一日位あの女《ひと》に付き合ってもいいか。〟

そう心を決めると正也はシャワーを止め、腰にバスタオルを巻いただけの姿でバスルームを出た。

〝しまった。こんな格好《かっこう》を見せたら美雪さんを驚かせてしまう！〟

正也は一瞬思いためらったが、そこに居た美雪は正也を一瞥《いちべつ》しただけで驚く様子もなくベッドに座ったままテレビを見ていた。

「早くしてよね。朝食を食べて、その後レンタカーを借りに行くんだから」

美雪の態度は何とも素《そ》っ気《け》ないものだった。

「はいはい、今服を着ます」

正也が着替えを済ませ、二人で一階のレストランへ行くと時刻は九時を過ぎており、客はほとんど居無かった。二人は軽い朝食を取り、一度部屋へ戻って荷物を取るとチェックアウトの為、ホテルのフロントへ向かった。

「えっこんなにかかるの⁉」

差し出された明細を見て、思わず正也は口走った。

「美雪さんの宿泊料も昨夜の夕食代も全て僕が払うんですか？」

横で素知《そし》らぬ顔をしている美雪に正也が小声で話しかけた。

「当たり前でしょう。あなた女と食事して泊まって、女にお金《かね》を払わせる気なの⁉」

「いや、そうじゃないけど…、これ全部ですか…？」

「もう、本当に男らしくない人ね。それ位大《たい》した額じゃないでしょう。払っちゃってよ！」

正也は渋々バッグから財布を取り出し、全額を支払った。

ホテルを出て足早に先を歩く美雪に正也が後ろから声をかけた。

「ひょっとしてレンタカーの代金も僕が払うんですか…？」

それを聞くと美雪は立ち止まって振り返り口を開いた。

「あなたさぁ、何を言ってるの⁉　女と付き合うなら当然の事でしょう！　食事代はワリカンで、遊びに行った先でもいちいち『お金払って』って言うの？　そんなの最低よ！」

「う、う〜ん、でも…」

きつい目付きで美雪に睨まれると正也は何も言い返せず、押し黙ってしまった。

ホテルから十五分程歩いた所に美雪が話していたレンタカーの店があり、そこで正也は車を借りる手続きをしたが、予約も何もしていなかった為、借りる事が出来た車はナビ機能さえも付いていない古い型の灰色の軽車両だった。

「何っ、こんなのしか無かったの？」

動き出した車の助手席に乗り込んだ美雪は不満そうだった。

「仕方無いですよ。これしか空きが無いって言われたんですから…。それで『トンボケ原』は何処《どこ》にあるんですか？　場所は分からないって言ってませんでしたっけ…」

「まぁ大体《だいたい》は覚えてるけど…、取りあえずあっちの山に向かって行ってくれる」

「分かりました。…でも随分上《のぼ》り坂がきつそうだなぁ」

正也は言われるがまま国道から右折して、美雪の指《さ》した山へ向かって狭い道へと車を走らせた。

その日も晴天で、日光の当たる車内は窓を開けても三十度近くになっていると思われた。

「暑いわね。この車エアコンは付いてないの？」

「付いてますけどエアコンを入れるとパワーが落ちるから、こう上《のぼ》り坂が多いと…大丈夫かなぁ」

「大丈夫かなって、動かなくなるって言うの？」

「いや、そんな事は無いでしょうけど、軽四だからパワーも無いし…」

「はぁ、本当に湿気《しけ》た話ね」

美雪は呆《あき》れ顔で溜め息をついた。

二台の車が擦れ違うのが難しそうな細い山道に正也は心細ささえ覚えていた。

「道はこれでいいんですか？」

「多分、こっちで間違い無いと思うんだけど…、二十年程も前の事なんではっきりしないのよね。…確かあんな山が見えた気がするのよね…」

美雪の記憶は曖昧《あいまい》なものだった。

「二十年も前って、それじゃあ美雪さんが小学生の頃ですか？」

「そう。確か私が小学二年生で妹が幼稚園だったかしら…。父さんと母さんと四人で行ったのよ」

「ピクニックですか？」

「そうね、そんな感じ。母さんがお弁当を作ってくれて、父さんが運転する車に乗って四人でね…。とてもいい天気の秋だったわ。

あそこにはトンボが空一面《そらいちめん》に飛んでいて…そう、もの凄い数だったわ。それで妹が『ここはトンボヶ原だ』って勝手に名前を付けたのよ」

思い出を語る美雪の顔はとても穏《おだ》やかで、まるで少女のようだった。

「へぇ、そんな事が…、いいですね」

「そうよ、あの頃は本当に毎日が楽しかったわ。学校や公園で遅くまで友達と遊んで、ゲーム機なんか無かったけど楽しかった…。

それに私、こう見えても勉強は出来たのよ。学年でも常に五番目位だったわ。あの頃が私の人生の中で一番楽しかったわ」

美雪は遠くの山を見つめながら、その顔には微笑さえ浮かべていた。

「でも高校を出て、ひとりで東京へ行ったって言ってませんでしたっけ？　そんなに楽しかったんならどうして群馬《こっち》を離れたんです？」

その正也の一言《ひとこと》に美雪の表情は一変して険《けわ》しくなった。

「その後色々あったのよ！　楽しい事ばっかりじゃないでしょう！」

〝しまった。余計な事を言ってしまった。〟

正也は後悔したが遅かった。美雪はまた不機嫌になり、正也から顔を背《そむ》けた。

しばらく車内を重い空気が支配した。

「…本当にこの道で大丈夫なんでしょうね…、何だか熊でも出て来そうですよ」

進むにつれ道幅がより狭くなり、正也は益々心細くなってきた。

「細い道を抜けた先で山の頂《いただき》みたいな所、そこに広い高原《こうげん》があってその先に沼があったわ。そこが私の言ってる『トンボヶ原』なのよ」

「ナビも地図も無いし、道を聞こうにも民家さえありませんから、美雪さんの記憶だけが頼りですよ」

二人を乗せた軽車両はそのまましばらく山道を走り続けたが、美雪の言う『トンボヶ原』らしい場所は見付からなかった。

「やっぱりこっちじゃなかったのかしら…？　それじゃあ、少し戻ってあっちの方へ行ってくれない？」

美雪は平然と別の方向を指差した。

「はいはい、分かりましたよ」

正也は眉間《みけん》に皺《しわ》を寄せた。

「そんな顔しないでよ。付き合ってくれるって言ったじゃない。可愛《かわい》い女の人とドライブ出来るんだからいいじゃない」

正也は何も答えず、車がユーターン出来る場所を探し、来た道へと戻った。そして途中の別れ道に出ると美雪の差し示した方向へとハンドルを切った。

しばらく進むと畑仕事の為と思われる小屋や朽《く》ち果てた民家などが道脇にあるのが目に入った。

「誰かに聞いてみたいけど、人とも出会わないなぁ」

「聞くって言っても『トンボヶ原』なんて言っても誰も分からないわよ」

「だから、山の頂に近い高原で沼があるって事だけでも限定出来れば…。あっそうだ！」

正也は車を停め、身体をねじって後部座席に置いていた自分のバッグを引き寄せた。

「何っ、どうするの？」

「僕のスマホはナビ機能が付いてるんで、周囲の事を調べれば何か分かるかなって思ったんで――」

そう言って正也はバッグからスマホを取り出し、現在の位置等《など》の情報を調べ始めた。

「う〜ん、やっぱりよく分からないなぁ…。もう少し拡《ひろ》げてみるか…」

正也はしばらくスマホを操作してみたが、これといった情報を得る事は出来なかった。

「やっぱりダメだ…。この先も山の中へ入って行くだけみたいだ」

「そんな物、当てにならないわよ」

「あれっそう言えば、美雪さんはスマホや携帯は持たないんですか？」

正也はスマホをバッグに戻しながら美雪に顔を向けた。

「えっ、あぁスマホね…、私そういうの好きじゃないからもう解約しちゃった。だってあまり使わないし…」

「へぇ、そうなんですか」

〝今時《いまどき》スマホや携帯を持たないなんて珍しいなぁ…。〟

正也はそう思ったが、それを口にするとまた美雪が不機嫌になると思い口を噤《つぐ》んだ。

四、独《ひと》り言

再び車を走らせてしばらくすると美雪が身体を動かしたり、座る姿勢を変えたりと何とも落ち着かない様子を見せ始めた。

「どうかしたんですか？」

「鈍《にぶ》い人ね。トイレに行きたくなったのよ」

「えっ、トイレですか？　でもこの山の中じゃコンビニどころか公衆トイレも無いし…」

「どこかトイレを探してよ」

「探してって言われても…、せめて民家でもあれば…」

正也は左右をよく見ながら車を走らせたが、山道が少し開けた場所に出ると右側に一軒の白い壁の建物が目に入った。

〝あっあそこで借りられるかも知れない。〟

とっさにそう思った正也は建物の横の駐車場と思《おぼ》しき開けた場所に車を停めた。

「ここはお店なのかな…、営業してるのかな…?」

「そんな事はどうでもいいから、早く行って聞いて来てよ!」

美雪に急《せか》され、正也は慌てて車を降り建物へと走った。それは建てられてから数十年は経《た》っていそうな木造の古い建物で、周囲《あたり》には伸び放題になった草が茂っていた。

入口の扉には『準備中』の札が掛けられており、横には『あんこや』と平仮名で書かれた店名らしい看板があった。

〝『あんこや』…甘味処《あまみどころ》かな…? 営業してるのかな…?〟

正也は首を傾《かし》げた。

「…すみません」

そう言いながら正也が入口の扉に手をかけると意外にも扉は軽く開かれた。

「あのっすみません。どなたか居らっしゃいますか?」

正也が店内に半分身体を入れながら中へ向かって声をかけると奥から声が返ってきた。

「はい、何ですか? 店はまだですよ」

そう言いながら奥から出て来たのは、ひょろりとした長身の男で、額《ひたい》が広く、正也にはその男が四十過ぎに見えた。

「あのっすみませんがトイレを貸して頂けませんか？」

「えっトイレ？　トイレならそこだから、どうぞ使って下さい」

人の良さそうなその男が店内の角を指差すとそこには『トイレ』と書かれた一室があった。

「ありがとうございます」

そう言うと正也は車の助手席で待つ美雪の許《もと》へ急いだ。トイレが借りられると聞くが早いか、美雪は店に駆け込むとそこに立っていた男の前を通り角の部屋へと走り込んだ。後から何とも照れ臭そうに頭をかきながら正也が店へ戻って来ると長身の男は驚いた顔をしていた。

「あなたの彼女ですか？」

「いえ、そういう訳じゃないんですが、…ちょっと今、その…」

正也は返答に困りながらも店内を見回すと十二畳程の狭い店内に古いテーブルと椅

子が数セット、色褪《いろあ》せた壁には『みたらし団子』『あんこ団子』『コーラ』『コーヒー』などの品書きが掲《かか》げられていた。

「ここは甘味処、一休みするお店ですか?」

「ハハッ、まぁそんな所ですよ」

「失礼ですけど建物も古くて、長くやってらっしゃるんですね」

「いえっこの店舗《てんぽ》は一月《ひとつき》程前に知り合いから譲《ゆず》ってもらったんですよ。長い間ここでお店をやってらしたんですけど、こんな場所じゃお客さんも来ないし、持ち主だった人も歳《とし》を取っちゃって…。それで私の家内もこういう店をやりたいって言ってたんでね」

「へぇそうなんですか、面白そうですね…。あっそうだ! ちょっとお聞きしたいんですが、この辺りに高原みたいになっていて、沼があって、秋になるとトンボがいっぱい居る場所を御存知《ごぞんじ》ないですか?」

「えっ高原でトンボがいっぱい居る場所…? う～ん悪いけど、私はここへ来てからまだあまり年月が経ってないから、この辺りの事はよく知らないんですよ」

「そうですか…」

正也は残念な顔になった。

「家内だったら、この近くの出身だから分かったかも知れないけど、今買い出しに出掛けててね…」

長身の男も頭をかきながら申し訳無さそうな顔をした。

「そうですか、それじゃあこの辺りをもう少し探してみます」

「ふぅん、そのトンボが居るっていう高原を探してるんですか？」

「ええ、さっきトイレに入った連れの女《ひと》が行きたいって言うんで」

「ふぅん…、あっそうだ。そう言えばこの先に高原みたいな場所があったんじゃなかったかなぁ…」

「えっ本当ですか？」

「うん、確かあった気がする。表《おもて》の道を右へ行ってまだしばらく上《のぼ》るけど…、そこが探してらっしゃる所かどうかは分からないけど」

その時、角の部屋から水を流す音がし、手を拭きながら美雪が出て来た。そして二人に気付いた美雪は恥《は》ずかしそうに頭を下げた。

「どうもありがとうございました…」

それだけ言うと美雪は下を向いたまま、そそくさと店の外へ出て行き、正也と長身の男は顔を見合わせて軽い笑顔を交した。

「ありがとうございます。それじゃあ今教えて頂いた方へ行ってみます」

「見付かるといいですね。でも気を付けて」

「ありがとうございます」

正也は男に頭を下げ、店を出た。


「何をニヤニヤしてるのよ」

走り出した車の助手席から不機嫌な美雪が正也の顔を覗《のぞ》きこんだ。

「えっ、別に何でもないですよ」

「さっきあの人と何を話してたの？」

「あぁ、この道の先に高原らしい場所があるって教えてくれたんですよ」

「えっ本当に⁉」

「ええでもあの人もこっちに来て余《あま》り日が無いらしいんで、よく分からないらしいです。

だからそこが美雪さんのいう『トンボヶ原』かどうか分かりませんけどね…」

「ふぅん…」

美雪は軽い相槌《あいづち》をうつと正面に向き直り、何か考え込むような表情になった。

正也がしばらく車を走らせると、店の男が言っていた通り周囲の樹々が無く開けた場所へと出た。そしてそのまま進んで行くと道は無くなり、長《た》けの低い草が一面に生え、所々に大きな自然石が顔を見せている高原状の場所へ出た。

「此所《ここ》ですか…?」

正也が車を停め、助手席を窺《うかが》うとそこに居た美雪の表情は明らかに変わっていた。

美雪はその目を大きく見開き、無言のまま車外へと出て行った。そして両手を拡げ、その場の景色をその腕で抱きしめるかのようにして、ゆっくりと歩き出した。

正也も車の外へ出ると草が正也の靴《くつ》を埋め、正也は日差しを暑く感じた。

「美雪さん、此所ですか？　此所でよかったんですか？」

ゆっくりと車から離れて行く美雪に向かって正也が声をかけたが、美雪にはその声が届いてはいないかのようにそのまま歩を進めた。

「ねぇ、美雪さん――」

「うるさいわね！　静かにしてよ！」

美雪は振り返り、正也を怒鳴りつけた。

正也は驚いたが、内心思った。

〝きっと此所が美雪さんのいう『トンボヶ原』に違いない。美雪さんは幼《おさな》い頃に家族と来た時の楽しかった思い出に浸《ひた》っているんだ。もう少しゆっくりさせてあげよう。〟

正也の胸の中にはひと仕事終えた後のような安堵感《あんどかん》が湧き上がり、そのまま目を細めて美雪を見つめていた。

美雪は左右に首を振りながら、あっちこっちと歩き回り、何かを探すような素振《そぶ》りを見せたり、しゃがみ込んで足許《あしもと》の何かを見付けるような仕草をしながら、段々と正也から離れて行った。

〝どこまで行くのかな…？　何か思い出の場所でもあるのかな…？〟

美雪の姿が小さくなり、やがて見えなくなってしまいそうで心配になった正也は車を離れ、美雪が歩いて行った方向へ数歩足を踏み出した時、美雪が遠くから戻って来るのが目に入った。

「やっぱり此所が『トンボヶ原』だったんでしょう？　見付かって良かったですね」

正也はそう声をかけたが、近付いて来る美雪の表情は正也が思っていたものとは違っていた。

美雪は頭を下に向け、両腕をダラリと下げ、目の焦点《しょうてん》も合っていないようで、その目には正也の姿も映っていないようだった。そして無言のまま引きずるような足取りで正也の前を通り過ぎるとそのまま車のドアを開け、助手席へと腰を沈めた。

正也は慌てて後を追い、運転席のドアを開け車内の美雪に声をかけた。

「此所じゃなかったんですか？」

美雪は顔を見られるのを拒《こば》むかのように前髪を垂《た》らし下を向いたまま何も答えなかった。その態度は、まるで頑なに自分の殻《から》に閉じ籠《こも》ってしまった幼子《おさなご》のようだった。

困ってしまった正也はどうする事も出来ず仕方無く運転席に戻った。

「困ったなぁ、此所じゃなかったのか…。それでこれからどうします？」

正也の問いかけに、しばらく間《ま》を置《お》いて美雪が答えた。

「…帰ろう…」

「えっ帰るんですか？　まだ明るいし、もう少し探してもいいですけど…」

「いいよ。もう帰ろう…」

美雪の声は涙混《なみだま》じりのようだった。

「分かりました。それじゃあ帰りましょう」

正也は車のエンジンをかけユーターンさせると先程上ってきた道をゆっくり下り始めた。

車内には美雪が時々鼻をすすり上げる音だけが聞こえた。

〝この人は何故《なぜ》泣くんだろう？　やはりあの場所は『トンボヶ原』じゃなかったからかな…？　でもそれならどうして『他の場所へ行って』とは言わずに『帰ろう』と言い出したんだろう…？〟

ハンドルを握る正也は何とも腑《ふ》に落ちない思いだった。

「違う、違うのよ！　そうじゃないのよ‼」

突然美雪が大きな声を出したので、正也は驚いてブレーキを踏み、美雪を見た。

「驚いた。…違うって、やっぱりあそこは『トンボヶ原』じゃなかったんですか？」

その問いにも美雪は答えず、相変わらず下を向いていた。その美雪をしばらく見ていた正也だったが、どうする事も出来ず、また車を動かして道を下って行った。


十数分程経った時、ふいに美雪が顔を上げた。

「ねぇ正也君、あなたの家族は何をしてるの？」

急な問いかけに正也は美雪の顔を見返したが、その顔は不機嫌な顔ではなく、またさっきまでの泣き顔でもなく、まるで仲の良い友人と接するような明るい顔だった。

「えっ僕の家族ですか？　僕は両親と姉が居ますけど…」

「そう。何処《どこ》で何をしてるの？」

「両親は東京の郊外の実家に居ます。姉は二年前に結婚して今は千葉県に居ますよ。

僕はひとり都内のアパート住まいですけど」

「ふぅん、皆《みんな》元気なの？」

「えぇお陰様で、姉はもうすぐ子供が生まれるって言ってましたよ。そう言えば美雪さんも――」

「私はもう家族とは随分《ずいぶん》会ってないわ。ひとりで東京へ行ってからもう十年位経つかしら…」

「えっそんなに！　でも…」

「覚えてる？　昨日あなたがどうして群馬《ここ》を離れたかって私に聞いた時、『色々あったのよ』って言ったの。…そう、色々あったのよ、私…」

美雪は隣で運転する正也を意識せず、まるで独り言を言うように前を向いたまま話を始めた。

「私の実家はこのすぐ近くで、父が小さな鉄工所を経営してたのよ。…そう、社員も多い時で三人、いや四人居たかしら。私が小学生の頃よ。清水《しみず》さん、西沢《にしざわ》さん、高木《たかぎ》さん…、もうひとり居たかな、何て言ったっけあの人…。そこで自動車の部品を造って、少し離れた工場へそれを納めてたのよ。

父さんといっしょに車に乗ってるとすれ違う車を見て父さんよく言ってたわ。『あの車のどこどこの部品は我社《うち》が造ってるんだぞ』って何だか自慢気《じまんげ》にね。…でも私、そんな父さんが好きだったわ。あの頃は会社も順調だったみたい…」

どうしていきなり美雪がこんな話を始めたのか正也には理解出来なかったが、正也は黙ってそれを聞くことにした。

「でもね、私が中学に入った年に部品を納めてた工場が海外に移転する事になったのよ。確か東南アジアだって聞いてたわ…。

そしたらね、父さんの会社が急にヤバくなっちゃったのよね。会社の人も皆辞めてもらって、父さんと母さんだけになって…、でも父さん頑張ってたわ。毎日夜遅くまでひとりで…、仕事は一気に無くなったけど、母さんや私達の為に。夜も余り寝てなかったみたいだったわ。だってげっそり痩《や》せちゃって、顔色も悪かったな、あの頃…」

美雪は当時の事を思い出すように、ひとり話を続けた。

「…そしてね、その年の冬に死んじゃったのよね」

「えっ！」

運転していた正也の口から思わず声が漏《も》れた。

「そう、あの晩は寒くて、私が夜中の二時頃目を覚ましたらまだ工場の電気がついて
て、〝父さんまだ働いてるんだ。身体は大丈夫かな。〟って思ってたわ。

そしたら翌朝、冷たくなってたわ。旋盤《せんばん》の機械の上に突《つ》っ伏《ぷ》したままの父さんを私
が見付けたの…」

「そ、そんな事があったんですか…」

正也は声を震《ふる》わせた。

「見付けた時、何だか悲しいとか寂《さび》しいとかっていうより『何これ、何が起こったの？』

って思って目の前の出来事が信じられなかったわ。

…でも所詮《しょせん》小さな下請《したう》けの街工場なんてそんな物よね。大きな会社から切られたら
それまでなのよね。そんな事にも気付かなかったなんて父さんもどうかしてたのよ」

正也は何も答える事が出来なかった。

「それでその後、母さんは工場を潰《つぶ》してその跡地にアパートを建てたの。二階建で四

世帯しか入れない小さなアパートだったけど、その収入で親子三人何とか暮らしてたのよ。

あぁそう、母さんもパートで働いてたわ。だってアパートを建てるんで借金もしてたみたいだったしね…」

独り話し続ける美雪を正也が横目で見ると美雪は虚《うつ》ろな目で遠くを見つめながら、その顔は無表情だった。

「でも私が高校になった春、突然家族が増えたのよね」

急に美雪の声のトーンが変わった。

「私が学校から帰って来たら、知らない男の人が居間《いま》で母さんと親しそうに話をしていたわ」

「えっそれってもしかして――」

「そう。母さんはその人を『新しいお父さんよ』って紹介したわ。でもそんなのって受け入れられる？　いきなり知らない人を『お父さん』なんて呼べると思う？　有り得ないわよそんなの‼」

「そ、そりゃそうでしょうね。まして高校生って色々と複雑な時でしょうし…」

「当たり前よ。私も美鳥《みどり》も急に新しい父親なんかに馴染《なじ》める筈《はず》無かったわ！」

「…ミドリっていうのは…？」

「あぁそれは妹、私の妹の名前よ。妹も同じ気持ちだったわ。そしてね、継父《そいつ》は最底の男だったわ。最初の二、三ヶ月はどこかで働いてたみたいだったけど、そこを辞《や》めた後は仕事もせずに昼間からお酒を飲んで家でゴロゴロしてるだけだったわ。たまに出掛けたと思ったらパチンコ通いよ。本当に最低の男だったわ。

ある日、継父《そいつ》が居ない時に私と妹で母さんに詰め寄ったの。『どうしてあんな奴と再婚したの⁉』ってね。母さんは座って下を向いたまま『御免《ごめん》ね、御免ね』って謝るだけだったわ。そしたらね、その時に継父《あいつ》が帰って来たのよ。また酔っぱらってね。

私言ってやったのよ。『ちゃんと職《しょく》について真面目《まじめ》に働いてよ！』ってね。そしたらどうなったと思う？　私、思い切り引《ひ》っ張《ぱ》たかれたのよ。私、その後の記憶が無いのよね、気絶しちゃったみたいでね。気が付いたら自分の部屋のベッドに寝かされていて、顔が腫《は》れあがってたわ」

延々と生々しい話を聞かされ、ハンドルを握る正也は胸の苦しみを感じ始めた。

「それからよ、継父《あいつ》が日常的に暴力を振るうようになったのは…。私にも母さんにも妹にも気に入らない事があるとすぐに手を上げたり物を投げつけたりしたわ。私も妹も段々家に帰るのが嫌《いや》になって、わざと寄り道したり友達の家で過《す》ごしたりしたわ。でもそういう噂《うわさ》はすぐに知れ渡るのよね。私達家族を見る周囲の人達の目が変わってきて、友人達の私達に対する態度も段々冷たくなってきたわ…。

それで私決めたのよ。〝高校を卒業したらこんな街出て行ってやる！〟ってね。

でもね、今になって思うと母さんの気持ちも分からないじゃないわ。だってあの頃、母さんまだ三十代じゃなかったかな…。誰でもいいから頼《たよ》れる男《ひと》がそばに居てほしかったんだと思う…」

〝…これが美雪《この人》が言っていた『色々あった』という事だったのか…。確かにそんな家庭だったら誰だって逃げ出そうって思うに違いないな…。〟

正也は美雪に対して同情に近い心《こころ》持ちになっていた。

美雪は続けた。

「それでね、私高校の卒業式の日に家から逃げ出したのよ。すぐに出られるように前もって荷物を整えておいて。

その日帰ったら妹だけが家に居たわ。私は部屋に入るなり荷物を持って外へ走り出たの。でも妹が気付いて、私を追っかけて来たのよ。『行かないで。行かないで！』って言って泣きながら私の腕を引っぱったわ。でも私は妹を突き飛ばしてそのまま電車に乗って、ひとりで東京へ逃げたのよ。

…美鳥《あのこ》の泣き声が今でも時々聞こえる気がするわ…。あの時は本当に美鳥《あのこ》に悪い事をしたわ…」

そこまで話すと美雪は口を噤《つぐ》んで顔を背向《そむ》けた。

二人を乗せた車は、山道から民家の並ぶやや広い通りをぬけ、今朝方《けさがた》通った国道へと出たが、その間二人とも無言だった。

しかし国道をしばらく走っていると、ふいに美雪が口を開いた。

「ねぇ私の名前、美雪って言うでしょう。どうして美雪ってなったか分かる？」

「えっ、そんなの分かりませんよ」

「私ね、一月生まれなんだけど、私が生まれた日の朝雪が降ったんだって。それが久しぶりに積《つ》もってとても綺麗《きれい》だったんだって。それで『美雪』にしたんだって、何だか単純よね。そう思わない？」

「えっそう…、そうですか…」

正也は返答に困った。

「ちなみにね、妹の美鳥は美しい鳥って書くんだけど、それも妹が生まれた日の朝見かけない綺麗な鳥が何羽か庭に来てたんだって。それで『美鳥』にしたんだって。何だか本当に私の両親ってチョー単純！　あなたもそう思うでしょう。ハハハハ…」

つい先程まで一方的に深刻な話をしていたかと思うと、今度はひとりで笑い出す美雪に正也は言いようのない不気味さを感じ始めていた。

五、暴　走

やがて二人は今朝レンタカーを借りた店に着き、正也は車を停め美雪に向き直った。

「さぁ着きましたよ」

美雪は車を降りようともせず、前を見ていたが、その顔を正也に向けた。

「ねぇ、もう一日私に付《つ》き合ってくれない?」

「えっもう一日って、また明日も車で山道を走って『トンボヶ原』を探すんですか?」

「お願い。もう一日だけでいいから…。ねぇいいでしょう」

そう言いながら美雪は正也の左の太腿《ふともも》に自分の手を伸ばし、身体をにじり寄せてきた。

正也は驚いて、美雪の顔と自分の太腿に置かれた美雪の手を交互に見返したが、美雪の顔は今にも泣き出しそうな悲しい表情だった。

「…でも、またレンタカーの代金や宿泊料も僕が払うんですか…?」

正也は眉間《みけん》に深い皺《しわ》を寄せた。

「お願い…。ねっ本当にもう一日だけでいいから」

美雪は尚《なお》も正也に顔を近付けて懇願《こんがん》し、正也は口をへの字にして腕を組んだ。しかし一時間《いっときま》を置いて溜め息混じりに答えた。

「ふぅ～、分かりました。それじゃあもう一日だけですよ」

「ありがとう。正也君、優しいのね」

美雪は嬉しそうに白い歯を見せたが、正也はひとり車を降りると渋々店に入り、レンタカーの延長の手続きをした。

「本当にもう一日だけですよ」

車に戻った正也は念を押すと車のエンジンをかけた。

「分かったわ。でも私、明日はきっと見付かると思うのよ」

「今日行った場所は違ったんですか？」

「う、う～ん…、景色とかはよく似てたんだけど…、何か違ったのよね。でもきっとあの近くだと思うのよ」

「ふぅん、そうですか…。それで今日はどこに泊まります？」

「どこって、昨日のビジネスホテルでいいんじゃない？」

「えっあそこですか…、でもその前に美雪さんの実家へは寄らなくていいんですか？

お母さんや妹さん達と──」

「無《な》かったわ！」

正也の言葉を遮《さえぎ》った美雪の口調は強かった。

「無かったって…、確かめたんですか？」

「そうよ。昨々日《おととい》行ってみたわ。家があった所もアパートがあった所も全て駐車場になってたわ」

「それじゃあお母さん達はどこへ…？」

「そんなの分かる訳無いじゃない」

「でも、近くに住んでいた人に聞いてみるとか…」

「もういいの、そんな事は。正也君はそんな事を心配してくれなくてもいいわ。私はもう諦《あきら》めたんだから」

「…そう…」

正也はその後の言葉を発する事が出来ず、黙って車を運転した。

昨日のビジネスホテルに着き、二人がチェックインの為にフロントへ行くとそこに居たのは昨日と同じ女性係員で二人の顔を見て少し驚いたが、すぐに作り笑顔で対応した。

「いらっしゃいませ。お泊まりですか？」

「えぇお願いしたいんですが、部屋の空《あ》きはありますか？」

正也の言葉に係員の女性は、戸惑ったような顔で答えた。

「…あの、昨日と同じ部屋、ツインで良ろしければ空きがありますが…」

「やっぱり、まだ改装中ですか…？」

「えぇ、今月いっぱいはかかると思われます」

二人の会話はすぐ後《うし》ろに立っていた美雪にも聞こえていた。正也は振り返って美雪を見たが、美雪は素知《そし》らぬ顔で壁のポスターを眺めていたので、正也はすぐにフロントの女性に顔を戻した。

「それじゃあ、その部屋をお願いします」

「承知しました。それではこちらにお名前と住所をお願いします」

昨日と同じ手続きを済ませると二人は部屋の鍵《かぎ》を手に昨日と同じ部屋に向かった。

部屋に入ると美雪はベッドに腰を下ろし、正也の顔を見上げながら口を開いた。

「今日は同じ部屋に泊まる事、ひとりで決めちゃったのね」

「だって構《かま》わないんでしょう…？」

「構わない訳でも無いけど、二日間も付き合ってくれるんだから、まぁいいよ」

美雪は屈託《くったく》も無く笑った。

「そうだろうと思ってましたよ。僕は――」

「私、先にシャワーを浴びてきてもいい？」

美雪が正也の言葉を遮った。

「えっシャワーですか…。どうぞ」

「そう、ありがとう。今日も暑かったから私汗をかいちゃったのよ」

そう言うと美雪は自分の鞄から何か小物を取り出し、正也の前を横切ってバスルームへ入って行った。

ひとり部屋に残った正也は、ひとつ小さな溜め息をつくと窓のカーテンを開けた。時刻は五時を過ぎていたが、まだ明るい日の光が室内を照らした。正也は椅子に座ると自分のバッグからスマホを取り出した。

〝今日は一日中運転してたから、ずっと触ってなかったな…。〟

そう思いながら、昨日途中下車した電車について調べてみた。

〝あっもう動いてるんだ。今日の昼過ぎから動き始めたんだ。良かった。明々日《あさって》からは自分の思った通りの行動が出来そうだ。草津温泉へ行くには、何時の電車があるのかな…。〟

そんなスマホを操《あやつ》る正也の耳に隣のバスルームからシャワーの音に混じって美雪の鼻歌が聞こえ、同時に石鹸の香りも漂《ただよ》ってきた。

「…本当に自分勝手な人だなぁ…」

そう呟《つぶや》きながらも正也はそれが少し気になっていた。しかし再びスマホに目を戻すと今日訪《おとず》れた場所について調べる事にした。

「このホテルから北西の方向だったかな…。国道から山の方向へ上って行って…」

正也は手の平の上のスマホに映し出された地図を見ながらひとり呟いた。

「…ふぅん、今日行った場所は『安香山《あんこうやま》』っていうのか…。美雪さんはあの近くって言ってたなぁ…。でもその先は道が無いなぁ…」

とその時、正也のスマホが軽い振動とともにメールが届いた事を知らせた。

「うん、誰からだろう?」

正也がそのメールを開いてみると、送り主は会社の上司、寺原からだった。

『会社の方は何の問題もありません。ゆっくり休暇を楽しんで下さい。寺原』

〝ありがたいなぁ、寺原課長は僕の事を気遣ってくれてるんだ…。〟

正也は嬉しかった。と同時に寺原の顔を思い浮かべ、旅行前に寺原と交《かわ》した会話を思い出した。

〝そうだ。寺原課長も一時は会社を辞めようかと思ってたけど広瀬常務の言葉で思い留《とど》まったって言ってたなぁ…。それから『嫌な仕事から逃げるな。逃げたり避《さ》けて通ったりすると人として成長しない』って言ってたんだっけ…。でも今の僕の立場にそれは当てはまるのかなぁ…?〟

正也はスマホを手にしたまま、またひとつ小さな溜め息をついた。

「ねぇ何やってるの？」

「えぇ、今日行った場所を調べて――」

と、そこに立っていた美雪の姿を見て正也は目を丸くした。美雪は胸から下に白いバスタオルを巻いただけで、髪をタオルで拭きながらそこに居た。

「ち、ちょっと美雪さん、その格好《かっこう》！」

正也は顔を紅くして慌てて目を逸《そ》らせた。

「何よ、部屋の中なんだし別にかまわないでしょう。…替えの下着を忘れちゃったのよ」

美雪は悪びれた様子も無く、正也の前を通ると鞄から下着を取り出し、再びバスルームへ入って行った。

突然の事に正也はしばらく胸の高鳴りを抑えられず、体温が一気に上昇した思いだった。

〝こ、この人は一体何を考えてるんだろう。あんな姿を見せつけて…。〟

するとと開かれたままのバスルームから濃い石鹸《せっけん》の香りと湿気《しっけ》に混じってドライヤーの音が聞こえてきた。

「ねぇ正也君はシャワーしないの？」

「僕は後《あと》でいいですけど…」

「そう、じゃあもう少し待っててね。今髪をとかしてるから。その後食事に行きましょう」

〝食事って、また僕が払う事になるんだろうな…。あぁまたこの人のペースに巻き込まれちゃってるなぁ…。〟

正也はモヤモヤとした割り切れない思いだった。

「お待たせ。さぁ行きましょう」

バスルームから出て来た美雪はピッチリとした派手《はで》な色模様《いろもよう》のTシャツと膝までの白いハーフパンツ姿で、濃い栗色の髪をひとつに結んで額《ひたい》を大きく出していた。その格好は昼間の美雪とは別人のように正也の目に映った。

「何してるの、早く行きましょう。私、お腹すいてるんだから」

美雪は正也の手を取り、部屋を出るとそのままエレベーターに乗り込んだ。エレベーターの中で二人だけになると、美雪は絡みつくように正也の右腕を自分の胸に抱きとめ、正也の顔を上目遣《うわめづか》いに覗きこんだ。

「ねぇ今日が最後のお食事なんだから、少し贅沢《ぜいたく》してもいいでしょう？」

顔を近づけて甘えるような声で話しかけられ、また右腕に美雪の胸の柔《やわ》らかさとシャンプーの香りにほだされて、詰まりながらも正也は頷《うなず》いてしまった。

「わっありがとう。私、今日はしっかり食べたいのよね」

美雪はすっかり上機嫌だった。

一階奥のレストランに入るとその日は、昨日よりも多くの客が入っており、二人は空いていた壁側のテーブルに席を取り、すぐ隣のテーブルには四十歳位の夫婦と小学生位の子供が二人の家族と思《おぼ》しき四人で座っていた。

ウエイトレスがメニューを持って来ると美雪は昨日と同様に何の気遣いを見せるでもなく注文を始めた。

「う～んと、これとこれ…、それからこれもひとつね。あっこれも美味しそう。それから飲み物はビール…、は正也君だめだったのよね」

美雪は向かいに座っている正也をチラリと見たが、注文を続けた。

「それじゃあこの白ワインをボトルで持って来て。…取りあえずそれだけね」

「分かりました」

ウエイトレスは注文を確認するとメニューを持って下がって行った。

「ボトルワインですか…」

「いいじゃない。さっき聞いたでしょう、少し贅沢してもいいって」

正也は諦めに近い心境になっていた。

程無く美雪が注文した白ワインと数種類の料理が運ばれてきた。

「はい、じゃあ乾杯しましょう。正也君は悪いけど水で…」

美雪は自分のグラスにワインを注ぐと昨日と同様に正也のグラスに軽く自分のグラスを合わせ、それを口に運んだ。

「…あぁ美味しい。よく冷えてて本当に美味しいわ」

そう言うが早いか、美雪は誰に遠慮するでもなく料理に箸《はし》をのばした。

「あの、美雪さん…、ちょっとまずいんじゃないですか」

「あらそんな事ないわよ。美味しいわよ、この料理。正也君も食べなさいよ」

「いや料理の事じゃなくて、美雪さん近々《ちかぢか》結婚するんでしょう。それが他の男と食事したり泊まったりっていうのはどうかと思いますよ」

「あぁその事。折角《せっかく》気分良く食事してるのに嫌《いや》な事を思い出させないでよ」

「でも、いくら何でも…」

「その事なら心配しなくていいわ。私、結婚なんかしないから」

「えっどういう事ですか⁉　昨日言ってたじゃないですか。新潟の造り酒屋の次期社長と近いうちにって…」

「本当に嫌な事を思い出させる人ね。食事が不味《まず》くなっちゃうじゃない」

美雪は不機嫌な顔で、グラスにワインを注いだ。

「えっ一体どういう事ですか？　昨日の話は嘘《うそ》だったんですか？」

「嘘じゃないわよ。確かにその男《ひと》とは一時《いっとき》付き合ってたし『結婚してほしい』って言われたわ。…でも、それダメになっちゃったのよね」

「…ダメになった？　どうして…？」

正也はすっかり困惑していた。

「それも話させるつもり？　でもまぁいいか。正也君優しいし、明日も付き合ってくれるんだから」

正也は思わず息を呑《の》んだ。

「そう…あの男《ひと》と出会ったのは、私が東京へ行って六、七年経った時だったかしら…」

美雪は酔いがまわりかけたせいか虚《うつ》ろな目をして話を始めた。

「私、東京へ行って色んな仕事をしたのよね。…その間に多くの人と出会って、男の人とも何人か付き合ったりもしたわ。あの男《ひと》と出会ったのはお酒の展示会《てんじかい》があった時ね。私、その時派遣《はけん》のコンパニオンの仕事をしてたのよね。

ほらっお酒をお盆に乗せてお客さんに試飲をしてもらう仕事よ。こんな風にしてね」

美雪は手の平を上に向けて、お盆を持つような仕草を見せ、正也は黙って頷いた。

「その時にね、その酒造会社の次期社長っていうのがその男《ひと》で、展示会の期間中毎日来てたわ。それでね、その展示会が終わった後参加してた人達が集まって打ち上げのパーティーがあったのよ」

美雪はひと息いれるとワインの入ったグラスを口に運んだ。

「その時にね、その会社の人とか広告関係の人とか私達コンパニオンも呼ばれて、全部で四十人位の人が集まって、その時に彼《そいつ》が声をかけてきたのよね、私に。

…えっと何て言われたっけ。そうそう『コンパニオンさんの中であなたが一番上手《じょうず》に我社《うち》のお酒を薦《すす》めてくれてましたね』だって。私は単にお酒が好きだっただけなんだけどね」

「…それで、その男《ひと》と付き合い始めたんですか…?」

「そうよ。携帯の番号を教えてあげたら、次の日から何度もかけてきて、それで仕方無く会ってあげたのよ。それから何度か会うようになってドライブしたり食事したり…、まぁ付き合ってた訳よね」

酔いが廻《まわ》ってきたせいか、美雪の声は次第《しだい》に大きくなり同時に舌《した》がもつれているかのようだった。

「それで、それでね、私昨年言われたのよ。『結婚してほしい』ってね。ハハッ私嬉しかったわ、だってそうでしょう。背が高くて、そこそこのイケメンでお金持ちだし、次期社長さんよ。断わる理由なんか無いわよね」

「でも美雪さん、確か昨日…」

「ところがね、その続きがあるのよ。聞いて聞いて！」

「えっ、えぇ…」

正也は困惑しながらも頷くしかなかった。

「今年の三月にさぁ『実家へ来てくれ』って言われたのよ。って事はさ、両親に紹介するって事でしょう。私、当日は目いっぱいお洒落《しゃれ》して彼といっしょに新潟まで行ったのよ。

そう。〝これで両親に気に入ってもらえたら完璧《かんぺき》じゃん。〟なんて思ってさ」

美雪はまた料理に箸を伸ばし、ワインを喉《のど》に流しこんだ。

「フゥッ…それでね、行ったのよ彼の実家に。大きな家だったわ。門から玄関まで十メートル以上あったかしら、庭も綺麗に手入れされてさ。離《はな》れも三軒程もあって、すぐ裏のお酒を造ってる蔵も見せてもらったわ。古くて大きな木桶《きおけ》が何本も並んでて、天井も高くて、そこで白衣みたいなのを着た人が何人も働いてるのよ。その人達が私達を見たら皆手を止めて頭を下《さ》げるのよ。まるで王子様とその婚約者って感じ、今思い出しても笑っちゃうわ」

「そ、それで——」

　正也は言いかけた言葉を呑みこんだ。

「その後ね、母屋《おもや》の奥座敷へ通されたの。そこも古かったけど広い部屋でさ、大きな座卓があってその向こう側に彼の両親が座ってたわ。私もさ、甲斐甲斐《かいがい》しく正座して『初めまして…』なんて言って三ツ指《みつゆび》ついて頭を下げたのよね。親父《おやじ》は黒のスーツを着てて、母親は高そうな着物で、偉《えら》そうに上から目線で見られてるのが最初から分かったわ。

　…今思うと本当に馬鹿みたいだったわ」

　一方的に話し続ける酔った美雪と対峙《たいじ》している正也は、話の先を聞くのが段々怖くなってきた。

「うん、どうしたの？　あなたももっと食べなさいよ。お酒だって注文すれば」

「いや…。僕はいいです」

「ふぅん、そう。まぁいいけど」

美雪はまたワインを口に運ぶと、独《ひと》り話を続けた。

「その後さ、親父の話が始まったのよ。『我社《うち》は明治時代の初めから酒造りを始めて、今に至るまで…』どうのこうの。三十分位話を聞かされて、私正座してたから足が痛くなっちゃったわ。それでさ、最後に言いやがったのよ、その親父が。『そんな訳で申し訳無いが、あなたを我《わ》が家《や》の嫁《よめ》として迎え入れる事は出来ない』ってね。

私、最初何を言われてるのか意味が分からなかったわ。だってそうでしょう。息子に結婚を申し込まれたから、あんな新潟の田舎にまで行ってやってるのに〝何それ!?〟って思ったわ。それで、私聞き返したのよ。『どうしてですか？　どういう事ですか？』ってね。そしたら、その親父が言ったのよ。『あなたには申し訳無いが、あなたの事を調べさせてもらった』ってね。それでレポートみたいな物を取り出して、それを読み始めたのよ。私の出身から実家の事、学生時代の事、その後の事までもよ。信じられる？　勝手に私の事調べて、その揚《あ》げ句《く》に嫁として認めないなんて。私〝ふざけるな‼〟って思ったわ。

そうそう、その時隣で大人《おとな》しく座っていた母親にも言われたわ。『こういう古い家の嫁に入るのは簡単じゃないのよ。私も苦労させられたわ。あなたには難《むずか》しいと思うのよ。これはあなたの為に言ってるのよ』ってね。

〝何言ってやがる！　要《よう》するに私の育ちが悪いから嫁として認めないって言いたいだけだろう！〟って思ったわ。

私、精一杯《せいいっぱい》我慢しながら言い返したわ。『でも結婚してほしいって言われたのは、私の方なんですけど…』ってね。そしたら親父が言いやがったわ。『どうしても結婚するというのなら、こいつを我社《うち》には入れない。我社はこいつの弟に継《つ》がせる』ってね。それを聞いた時、私頭が爆発しそうだったわ。それで隣に座ったままの彼を見たんだけど、黙って下を向いてるだけなのよね。本当に情《なさ》けない男《やつ》だと思ったわ」

そこまで言い切ると、美雪はひと息ついて天井へと視線を移した。

しばらくして正也に戻された美雪の視線は酔いと興奮のせいか潤《うる》んでいた。

「ねぇタバコ持ってる？　一本ちょうだい」

正也は無言のままポケットからタバコを取り出し、その先に火をつけた。美雪はひと息吸うと煙を大きく吹き出し、テーブルに頬杖《ほおづえ》をついた。

「…帰りの電車の中でさ、私何度も彼に問い正したのよ。『どういう事、これって一体どういう事なの⁉ あなた私に結婚してくれって言ったわよね！』ってね。彼、何も答えないで私の顔さえ見ようとしなかったわ。そして最後に言ったのよ。『待《ま》ってくれ。少し待ってほしい』ってね。でも私、その時思ったわ。〝もう終わった。彼《こいつ》とは終わったな。〟ってね。

…ホホッ、まるで絵に画《か》いたような天国から地獄よね、笑っちゃうわ…」

美雪はまたひと息、タバコの煙を吹き出した。

「そ、それで、その男《ひと》とは…」

正也は絞《しぼ》り出すような声で聞き返した。

「ところがね、まだ続きがあるのよ。四、五日後に、彼《あいつ》がひょっこり私のアパートへ来たのよ。私驚いたわ。そして〝私を迎えに来てくれたんだ。会社より私を選んでくれたんだ。〟って思って嬉しかったわ。…でも彼《あいつ》、暗い顔をして部屋に入ろうともしないのよね。私が『どうしたの、どうして入らないの？』って聞いたら、黙って内ポケットから封筒を取り出して私に渡すのよ。私、その場で開けてみたら、中に一万円札が何枚か入ってたわ…」

「えっ、それって――」

「そう。手切《てぎ》れ金のつもりだったのよ。私、その封筒を持ったまま彼《あいつ》の横《よこ》っ面《つら》を思い切りひっぱたいてやったわ。『ふざけるな‼』って言いながらね」

そこまで言うと、美雪は急に身体《からだ》の力を抜いて両肩をだらりと下げ、ひとり放心したかのように大きな溜め息をついた。

そんな美雪の姿を見つめながら正也は思った。

〝この人、出会った時からボーッとしてるかと思ったら、急に怒りだしたり笑いだしたり情緒《じょうちょ》が不安定だなと思ってたら、こんな体験をしていたのか…。でも本当にこの人が言ったような体験をしてたら誰だって変になってしまうかも知れないな…。気の毒と言えば気の毒な話だなぁ…。〟

「どうしたのよ？　何、変な顔してるのよ。あなたには同情なんかしてほしくないわよ」

　美雪は酔いの廻った焦点の合わない目で正也を見返した。

「えっ、いや別に同情なんか…」

「何よ、分かったような顔しちゃって。あなたの考えてる事なんかバレバレよ。どうせあなたもヤリモクなんでしょう」

「ヤリモク…?」

「そうよ。私を抱《だ》きたいだけなんでしょう。ヤるのが目的なんでしょう⁉　分かってるんだから」

「えっ…それってどういう事…?」

「また惚《とぼ》けちゃって。私とセックスしたいだけなんでしょう。だから私に優しくして、付き合ってくれてるんでしょう?　男なんて皆《みな》そうなのよね。…彼《あいつ》もそうだったもん」

　なじるような言葉を浴《あ》びせかけてくる美雪に正也は腹の底から怒りが湧《わ》き上がってくるのを感じ、眉間に深い皺を寄せて顔を背《そむ》けた。

「ハッ、またそんな怖い顔をしちゃって。ダメよ、それじゃ女にもてないわよ」

〝どうして僕は一日中運転手をさせられた上、お金まで払わされてその上こんなに酷《ひど》い事を言われなければならないんだ！〞

テーブルの下にあった正也の握《にぎ》り拳《こぶし》には力が込められ、正也は怒りのままにテーブルを倒《たお》してこの場から出て行こうかとさえ思った。それでも何とか堪《こら》えながら、正也はゆっくりと顔を戻し美雪の顔を見返した。

「どうしたのよ、セックスに自信がないの？　…あっそうか、あなたひょっとして童《どう》貞《てい》なの？　えっ嘘。確か二十五歳って言ってなかった？　二十五にもなって童貞なんだ！　キャハハハハ…」

美雪のその言葉を聞いた時、正也は全身が熱くなった。確かに正也はセックスの経験の無い童貞だった。しかしそれをこんな場所で大きな声で言われ、馬鹿にされた。その恥《は》ずかしさと悔しさで正也は自分の顔が紅くなるのを感じた。

「いい加減《かげん》にしろ‼」

と席を立って怒鳴り声をあげたのは、正也ではなく隣で食事をしていた家族の父親らしい男だった。

「さっきから何だ、お前達！　こんな場所で大きな声で痴話話《ちわばなし》をしやがって！」

正也と美雪は突然の事に驚いて、その男の顔を見上げた。

「此所をどこだと思ってるんだ⁉　レストランだぞ。食事をする所だぞ。しかも禁煙なのに堂々とタバコまで吸いやがって！」

「何よ、あなた関係ないじゃない。他人《ひと》の話を盗み聞きしないでよ。いやらしい」

「何だと⁉」

男が美雪に向かって一歩踏み出そうとしたので、正也は慌てて立ち上がり頭を下げた。

「すみません。ちょっと酔ってしまって、声が大きくなってしまって…」

「正也君、謝まる事なんか無いわ。私達食事しながら話をしてただけじゃない。こんな親爺《おやじ》に文句言われる筋合《すじあ》いなんか無いわ！」

「何だと！…お前…」

「美雪さん、止《や》めなよ」

美雪を制しながら二人の間に割って入った正也だったが、その瞬間左の頬《ほほ》に強いシヨックを受け一瞬意識が飛んでしまい、よろけてテーブルに片手をついた。そしてその反動でテーブルが傾き、まだ料理が盛られていた皿が何枚か床に落ち割れてしまった。

男の拳が正也の顔面を捉《とら》えていたのだ。

「あなた、止めて下さい」

男の妻らしい女も立ち上がって男を止めにかかり、レストランの店員達も慌てて駆けつけてきた。

「何するのよ、この親爺！　正也君、やっちゃいなさいよ！」

「何だと、こいつ――」

「お父さん、止めて下さい」

数人の大人達《おとな》がテーブルの周囲で揉《も》み合いになり、レストランの中は一気に騒然《そうぜん》とした雰囲気になってしまい、テーブルに座っていた二人の子供達は目の前の出来事の恐しさに泣き出してしまった。

正也は殴《なぐ》られた左の頬を押さえながら、立ち上がると男に向かって頭を下げた。

「すみません。僕達が大きな声で話していたのが悪いんです。申し訳ありませんでした」

周囲の制止もあり、また正也のその姿を見た男は少し興奮が収《おさ》まったのか動きを止め、小さな咳《せき》ばらいをひとつして服装を正した。

「う、うん。分かってくれたんならいいんだ。…私もついカッとなって手を上げてしまって申し訳無い。…頬は大丈夫かい？」

「えぇ、大丈夫だと思います…」

「…実は私達は久しぶりの外食で…、その、子供達を喜ばそうと思って、今日は此所へ来たんだが…、その、君達の会話が耳に入ってしまって…」

「僕達も彼女の昔の話をしていたら、彼女が飲み過ぎたみたいで、収まりがつかなくなっちゃって…、すみませんでした」

「いやいや、私の方こそ本当に申し訳無かった」

騒ぎが収まり、店員達が片付けを始め、男の家族達も席を立って出口へ向かって歩き始めたが、気が付くと騒ぎの張本人である美雪は椅子に座ったまま口を半分程開《あ》けただらしない格好で酔いつぶれていた。

その姿を見た先程の男が首を振りながら正也に近付き、同情するように小声で話しかけた。

「…君の彼女かい？　こういうタイプの女《ひと》と付き合うと苦労するよ…」

「そうですね…」

正也は頬の痛みを堪えながら、そう答える事しか出来なかった。

六、醜《しゅう》悪《あく》

正也は酔いつぶれた美雪を何とか自分達の部屋まで運び、ベッドへと横たわらせた。ドアを閉めた正也は室内の電灯の光度を少し下げ、だらしのない格好で寝息をたてている美雪を見やった。

〝本当にどうしようもないジャジャ馬だな！　散々我がままを言って奢《おご》らせて、その上他人《ひと》を馬鹿にするような言葉を吐いて、迷惑をかけて…。〟

正也の胸に改めて美雪に対する怒りの気持ちが湧き上がってきた。

〝本人が言ってたように、このまま此所《ここ》で暴行してやろうか⁉　そして僕だけ逃げ出そうかな…。例《たと》えそうしてもこの人は文句を言える立場じゃない。同じ部屋で二日も泊まってるんだから…。そうだ。その通りだ！〟

無防備で寝息をたてている美雪を見つめる正也の目には、いつしか怪しい光が宿っていた。

〝この人も僕を誘うような態度をとったり、挑発したりしたのも最初からそのつもり

だったに違い無い。〃
正也は鼻息を荒くし、心臓が高鳴るのを感じながら横たわる美雪に近付くと美雪の肩に手をかけ顔を近付けた。
「うっ、臭《くさ》い！」
美雪の吐息《といき》が正也の顔にかかり、その果実が腐《くさ》ったような酸っぱい臭《にお》いに正也は思わず顔をしかめた。そしてその時、先程殴られた左の頬がズキリと痛んだ。またどういう訳かその時会社の上司、寺原の顔が思い出された。
〃…今、この人を暴行してひとりホテルを出て行けば、僕は犯罪者になってしまうのか…。そうすれば会社や家族にも大変な迷惑をかけてしまう…。〃
正也の気持ちは萎《な》え、冷静になっていった。そして、美雪にそっとシーツをかけるとバスルームへ入り冷たい水で顔を洗った。
鏡に映る自分の顔を見ると左の頬が腫《は》れていた。
〃何て情けない、嫌な顔だ…。〃
正也はフェイスタオルを水に濡らし、それを頬に当てたままバスルームを出て椅子に腰かけると大きな溜め息をついた。

〝もう一日付き合うって約束したんだったよな…。あんな事言わなければ良かった…。〟

正也は昨日美雪と出会ってからの事を思い返した。

〝…駅のホームで会って、最初は都会的な美人だなと思ったけど、その後ずっとこの人のペースに巻き込まれて、振り回されて…。

おまけに命令口調でまるで女王様だ。僕はその召《め》し使《つか》いか…？　馬鹿な、冗談じゃない！…でもどうしようも無いか…。〟

正也は諦《あきら》めにも似た心境になり、余計な事は考えずにシャワーを浴びて寝る事に決め、再びバスルームに入るとシャツとズボンを脱いだ。そしてドアを閉めようとすると、室内から呻《うめ》くような声が聞こえてきた。

正也は何事かと思い、慌ててバスルームから出てみると美雪がベッドの上で胸を押さえて身悶《みもだ》えしながら苦しんでいた。

「美雪さん、どうかしたんですか？　具合《ぐあい》が悪いんですか⁉」

　正也の問いかけは美雪の耳には届いてはいないようで、美雪は尚《なお》も身体をよじって苦しがった。心配になった正也がベッドに近付いた次の瞬間、『グゥエェ〜』という動物の叫《さけ》び声にも似《に》たおぞましい声とともに美雪は先程食べたばかりの料理をベッドの上に吐き出した。

「うわっ‼」

　正也は思わずベッドから離れたが、美雪は荒い呼吸をしながら尚も嘔吐《おうと》を続けた。しばらくして吐く物が無くなったのか、美雪は苦しそうな息をしながらもベッドの脇《わき》へと寝返りをうった。

　薄暗い部屋の中で美雪の吐いた赤や黄色の嘔吐物がベッドの縁から床にまでゆっくり流れ落ちる様《さま》を正也は立ち竦《すく》んだまま呆然《ぼうぜん》と見降ろしていたが、同時に室内はその酸っぱい臭いでいっぱいになり、正也自身も吐き気を覚え思わず左手で口を覆《おお》った。

　しかし我に返ると正也は窓を全開にして、バスルームへ戻るとタオルを持ち出し、嘔吐物の処理をしようとした。

「だめだ、これじゃあとても間に合わない」

そう呟くと正也はフロントに連絡する事にした。

「はい、こちらフロントです」

三回目のコールで電話が繋《つな》がった。

「あの、すみません。こちらは三〇四号室ですが、連《つ》れの者が吐いてしまったんで、すぐに来て頂けませんか」

「えっ吐いた…!?　床《ゆか》にですか?」

「いえ、ベッドと床と両方です」

「えっ両方に…、分かりました。すぐに伺《うかが》います」

電話口の女性が嫌がっている様子がその声から容易《ようい》に聞き取れた。受話器を置いた正也がベッドの上の美雪を覗きこむと美雪はまだ苦しそうに目をつぶったまま顔を歪《ゆが》めていた。

〝そうだ、吐いた物が喉《のど》に詰まって呼吸が出来なくなる事があるって聞いた事がある。〟

そう思った正也は周囲《あたり》の臭いで自分も吐きそうになるのを堪《こら》えながら、濡《ぬ》らした夕オルを持ってベッドに近付き、美雪の顔を拭きながら背中を軽くさすった。

「ウ～ッ、ウッウッ」

獣《けもの》のような声を発しながら苦しんでいた美雪だったが、しばらくすると落ち着いた寝息になっていった。

「ふぅ、何とか大丈夫そうだ…」

〝ピンポーン〟

その時室内に呼び鈴《りん》が鳴り、正也は急いで部屋の照明を明るくして入口のドアを開けた。

「部屋の清掃に――、キャア！」

驚いて声をあげたのは、ドアの外でバケツとモップを持ち、マスクをした中年と思しき女性だった。

〝えっ⁉〟っと思った正也が自分の格好に気付くと、正也はシャワーを浴びようとしていたのでパンツだけの姿だった。

「あっあぁ、すみません」

正也は慌ててバスルームへ飛び込むとさっき脱いだばかりのシャツとズボンを急いで身につけた。

「…どうもすみません。こちらです。お願いします」

正也は何とも抜《ばつ》が悪そうに係の女性を室内に招き入れたが、その女性は疑わしそうな目で正也を見ながら部屋に入って来た。

「あぁ酷いね、これは…」

室内の有り様を見た女性は眉《まゆ》を潜《ひそ》めた。

「それじゃ、このシーツを外《はず》すからこの人を退《ど》かせてもらえますか？」

「えっ僕がですか？」

「私ひとりじゃ無理でしょう」

係の女性の指示で正也は後から美雪を抱き上げ、女性は足を持ち二人で美雪を隣のベッドへと移動させたが、何の反応も見せない美雪はさながら大きな砂袋のようだった。

女性は手慣《てな》れた様子でシーツと枕カバーを外し持っていた大きなビニール袋へ入

れ、その間正也は美雪の顔とシャツに着いていた嘔吐物をタオルで拭き取っていた。

「あぁだめだこりゃ。マットレスにまで染《し》みちゃってる。これも明日クリーニングに頼まないと」

それは必要以上に大きな声で話しているかのように正也には思えた。

それでも女性はバケツの水を何度か換《か》えてマットレスと床についた汚れを丁寧《ていねい》に拭き続けた。

数十分後、ひと通り清掃をすませた女性はタオルやシーツを丸めて入れたビニール袋を持って立ち上がった。

「…すみません。御迷惑をおかけしました」

頭を下げる正也に、その女性はマスクで隠れた顔の目だけで笑いながら答えた。

「まぁ私も仕事だから構《かま》わないけど、女の子を誘うんだったら飲ませ過ぎちゃだめだよ。何も出来無くなっちゃうよ」

「えっ、いやあの、そういうつもりじゃ…」

「まぁいいから、いいから」

そう言って女性は正也の腰をひとつ叩《たた》き、部屋を出て行った。

「あぁ完全に誤解されてるなぁ…」

室内にはまだ臭気が残っていたが、かといって窓を全開にする訳にはいかず、正也は少しだけ窓を開け、部屋の照明を落とした。そして椅子に座り込み時計を見ると十時を過ぎており、正也は大きな倦怠《けんたい》感を感じた。

ふと見ると窓の網戸《あみど》越しに明るい星がいくつか瞬《またた》いているのが見え、正也はまるで自分が慰《なぐ》さめられているようにさえ感じた。

〝今更《いまさら》部屋を替えてくれとも言えないしなぁ…。あっそうか、他に空《あ》き部屋は無いんだった…。もうシャワーを浴びる気力も残ってないなぁ…。〟

正也の胸中《むなな》は虚しさと情《なさ》けなさでいっぱいだった。そんな正也も身体を伸ばして柔らかいベッドで横になりたかったが、それすら出来ず椅子に座ったまま出来るだけ身体を伸ばして眠ることにした。

〝憎悪《ぞうお》、怒り、下心、諦め、嫌悪、恥辱《ちじょく》、失望、疲労、醜悪…。〟

身心ともに疲れ切った正也の頭の中にはネガティブなイメージの言葉ばかりが浮か

んでは消えていった。

「あぁ本当に今日は疲れた…。酷い一日だった…」

正也は独《ひと》り言《ごと》を呟《つぶや》きながらも椅子に座ったまま眠りへと落ちていった。


「臭《く》っさ〜い。何これ？　何でこんな変な臭いがするの⁉」

美雪のその声に正也は目を覚《さま》した。

「ねぇ正也君、何なの？　どうしてこんな変な臭いがしてるの？」

「何も覚えてないんですか…？」

正也は目をこすりながら答えた。

「覚えてないって、昨夜《ゆうべ》何かあったの？」

美雪はベッドの角《すみ》に腰をかけたまま不思議そうな顔で正也の顔を覗き見た。

「昨夜、美雪さんがベッドで吐いたんですよ。ほらっそこの所」

正也は身体を起こして、まだ染《し》みの残るベッドの縁を指差した。

「えっ私が⁉　私じゃなくて正也君じゃないの。あなたお酒飲めないし」

「違いますよ。…あの、昨夜の事どの辺《あた》りまで覚えてるんですか？」

「どの辺りって…、このホテルにチェックインして、二人で夕食を食べたでしょう。確か一階のレストランだったわよね。…えっと、その後…、そうそう隣に居た親爺《おやじ》が何か文句を言ってきたんじゃなかった？」

「そう。確かにその通りなんですけど、その話の内容とかその後《あと》の事を覚えてますか？」

「話の内容…、私何か変な事言ってたの？」

美雪は全く罪の意識が無いようで、キョトンとした顔で正也を見返した。

「だから、美雪さんが酔っ払って大きな声で話したんで、隣で食事してた人が怒ったんですよ」

「へぇそうだったの。でも声が大きかった位で怒りだしたの？」

「しかもその後、美雪さんが挑発するような事まで言ったんで余計に怒ったんですよ。それで僕はその人に殴《なぐ》られて――」

「あぁそれで頬が少し紫色《むらさき》になってるんだ。それで正也君もやり返したの？」

「そんな事しませんよ。謝って何とかその場を収めましたよ」

「何だ、そんな親爺やっちゃえば良かったのに」

「何を言ってるんですか。その後、美雪さんは酔いつぶれちゃって、夜中にそこで吐いたんですよ。確か昨夜はひとりでワイン一本空けちゃったでしょう⁉」

「…そうね、そう言えば私も少し頭痛がするかな…」

無邪気《むじゃき》に首をかしげる美雪に、正也はもうそれ以上話す気になれなかった。また椅子に座ったまま一晩を過ごし、碌《ろく》に眠ることも出来なかった為、正也は身体のだるさと腰の痛みを感じていた。

しかし、何も覚えていないという美雪の態度に言いようの無い違和感《いわかん》を正也は感じていた。

〝この人は本当に何も覚えていないのかな？　それともそんな振りをしているだけなのかな…？〟

「それで、何時になったら出掛けるの？」

「えっ僕はいつでもいいですけど…」

美雪の問いかけにも寝不足気味の正也は答えるのさえ面倒に思っていた。それよりも早く此所を出て美雪の言う『トンボヶ原』を見付けて、自由になりたいというのが正也の本音だった。

「そぅ、それじゃ私、シャワーしてくるね。その後何か食べて、それから出掛けましょう」

「どうぞ、好きにして下さい」

正也は最早《もはや》投げやりな気持ちだった。

「分かった。じゃあそうする」

そう言うと美雪は鞄から着替えと小物を取り出し、バスルームへ入って行った。残された正也はスマホを取り出し、マットレスだけになったベッドの角に腰を下ろして操作を始めた。

〝新しいメールも入ってないし、別に面白いニュースも無いな…。〟

しばらくすると美雪がタオルで髪を拭きながらバスルームから出て来た。

「お待たせ。さぁ何か食べに行きましょう」

「はいはい。でも美雪さん、食欲あるの？」

「うーん、あまり気分は良くないけどお腹はすいてるかな…」

　昨夜の事もあり、正也は一階のレストランへ行くのは気が進まなかったが、美雪は何の気遣いも見せず二人は昨夜のレストランへと入って行った。案の定、ウエイトレスや係員達の視線を気にした正也は、コーヒーだけで十分だったが美雪は厚切りのトーストを注文し満足気に食事を終えた。

　そして二人はチェックアウトを済《す》ませ、駐車場に停めていた灰色の軽車両へと乗り込んだ。

「昨日行ったあの場所でいいんですね？」

　正也の声は突《つ》っけんどんだった。

「ええ、あそこへ行って。多分あの先に私が言ってる『トンボヶ原』が有ると思うのよ」

　正也は無言のままエンジンをかけ、昨日通った国道へと車を走らせた。

「ねぇ正也君、怒ってるの？」

国道から脇道へ入った時、美雪が声をかけた。

「…少なくともいい気分ではないですね」

「それって私のせい…？」

「二日間も運転手をさせられて、宿代《やどだい》や食事代を払わされて、トバッチリで他人《ひと》に殴られて、おまけに室内で吐かれて碌に寝る事も出来なかったら普通の人なら怒りますよ」

「だから、それは私が悪いの…？」

「自覚は無いんですか？」

「御免《ごめん》、悪かったわ。ずっと私の我がままに付き合ってもらって…」

「もういいですよ」

「…やっぱり、私なんか居無《いな》い方がいいんだ…」

美雪は消え入りそうな声でそう言うと、運転席から顔を背《そむ》けて黙り込んでしまった。

何とも気まずい空気のまま、二人を乗せた軽車両は昨日通った狭い山道を登って行った。

〝少し言い過ぎたかな…。〟

そう思った正也だったが、ここでまた優しい対応をするとまた我がままを言われるのではないかと内心警戒《けいかい》していた。しかし正也はこの時、美雪の態度が明らかに昨日までと違う事を不思議に思っていた。

しばらく車を走らせると、昨日美雪がトイレを借りた店が道の右側に見え、その前を通り過ぎる時、店の横の空き地に停められている赤い車と店の入口に『営業中』とかかれた札《ふだ》がかかっているのが正也の目に入った。

〝へぇ、今日はお客さんが来てるんだ…。〟

そう思った正也は、思わず口を開いた。

「そう言えば、昨日僕スマホで調べたんですけど、この辺りの山の名前は『安香山《あんこうやま》』っていうそうですよ。安は安心の安、香は香りっていう字、そういう地名らしいですよ」

「…そう…」

と美雪の返事は素《そ》っ気《け》無いものだった。しかしそれから数分と時を待たず、突然美雪が大きな声を出した。

「そう、そうよ。安香山よ！　間違いないわ！」

「いきなり、どうしたんですか？」

正也は驚いて美雪を見返した。

「そう、間違いないわ。あの日の朝、父さんが言ってたの。『皆で安香山にピクニックに行こう』って。そう、今思い出したわ」

美雪は興奮気味に正也の方へ向き直って続けた。

「安香山を美鳥《みどり》が、お餅《もち》なんかに入ってるあんこと勘違いして、お腹いっぱいあんこが食べられると思って大喜びしたんだけど、後で違ってた事が分かって皆で大笑いしたのよ。あの子、甘い物が大好きだったから」

美雪はひとり納得したように頷《うなず》いた。

「へぇ、そんな事があったんですか。それじゃ今度は間違い無さそうですね」

「そうね、間違い無いと思うわ。今度こそ…」

そこまで言うと、美雪はまた押し黙ってしまった。

やがて二人を乗せた車は昨日の轍《わだち》が残る高原に着き、正也は車を停めた。

「もう少し先へ行って」

「でもこの先は草丈が高いから、大きな石でもあったら――」

「いいから、もっと先へ行って！」

美雪の口調はいつしか命令調になっていた。仕方無く、正也は前方に注意しながらゆっくりと車を動かした。そしてそのまま百メートル程も進むと幾本かの高い樹々《きぎ》が重なり合い樹陰《こかげ》をつくっている場所へ出た。

「ここでいいわ」

美雪はそう言うとドアを開け、車を降りた。

「それじゃあ僕はここで待ってますよ」

正也の言葉が届いていないのか、美雪は前を向いたまま一歩一歩を確かめるように進み、その足取りには何かはっきりとした目標があるかのようだった。また正也には美雪の横顔が何かを決意しているかのように見えた。

七、殺　意

　正也はしばらく樹陰に停めた車の中に居たが、なかなか美雪が戻って来ないので外へ出て美雪の歩いて行った方向を背伸びして臨《のぞ》んでみたが、膝《ひざ》辺りまでの草と所々に頭を出している大きな石が見えるだけで、美雪の姿は見えなかった。

〝こんな所へピクニックか…、当時は草丈《くさたけ》がもっと低かったのかな…？〟

　そんな事を考えながら正也が車へ戻ろうとドアを開けた時、遠くから美雪の声が聞こえた気がした。正也はつま先立ちになって声が聞こえたと思われる方向を見てみたが、やはり美雪の姿は見えなかった。

「せいやく〜ん」

「やっぱり聞こえる。何かあったのかな⁉」

　正也は声がした方向へ足早に歩き始め、数十メートルも草原を進むとその先が一段低くなっており、見通しのきく場所へと出た。そしてその先のテーブル位もある大きな平《たいら》な岩の上で美雪がこちらに向かって手を振っているのが見えた。

「どうかしたんですか～？」

正也の問いかけに、美雪は大きく手招《てまね》きをしているようだった。

「どうしたんだろう。何かあったのかな？」

正也は美雪が立っている岩へ急ぎ足で歩き、相互《たがい》の表情が分かる位の距離まで近付いて岩の上に立つ美雪を見上げながら声をかけた。

「どうしたんですか？」

「此所《ここ》よ。此所なのよ。私が昔来たって言った『トンボヶ原』は！」

美雪は興奮気味に岩の上から答えた。

「へぇ、此所だったんですか。…よいしょっと」

正也もその岩の上に登り、美雪の横に立った。

「ここで、私と美鳥《みどり》と父さん、母さんの四人でおにぎりを食べて…、ほらっあそこに沼が見えるでしょう。あれが私が言ってた沼よ。当時はもっと大きかった気がするわ…。

それにこの景色、最高でしょう！　山があんなに綺麗に見えて！」

美雪の示《さ》す先に正也が目をやると、成る程素晴《すば》らしい景色だった。白い雲が浮かぶ青い空を背景に山々の連《つら》なる峰《みね》が初夏の緑に包まれて生々《いきいき》としているようだった。

「うわっ本当に凄いなぁ。大自然って感じだ！」

都会育ちの正也は今までに見た事も無い景色に目を奪われ、思わず感嘆の声をあげた。美雪の言う沼も少し離れた場所に薄緑《うすみどり》色に見えた。

しかし、正也が足許《あしもと》に目を移すと自分が立っている岩のすぐ先は大きく抉《えぐ》られて岩が露出した崖《がけ》になっていて、その下までは十メートル以上あり、もし足を滑らせでもしたら怪我《けが》をする位ではすまないだろうという高さだった。

「うわっ、僕は高所恐怖症だから、こういう所はダメだ。美雪さんは——」

と正也が半歩《はんぽ》足を引いて振り向くと、いつの間にか美雪は正也のすぐ後ろに立って正也の背中に手を伸ばそうとしていた。

「えっ…？」

振り返った正也が見ると美雪はそそくさと正也から離れた。

「えっ、えっ…どうしたんですか、美雪さん？　今僕を…」

「な、何っどうかしたの？　私、何もしてないわよ…」

美雪は慌てて正也から目を逸《そ》らせたが、その態度は明らかに狼狽《うろた》えていた。

「美雪さん、今僕の背中を押そうとしてませんでした？　僕をここから突き落とす気だったんですか…？」

「な、何を言ってるの。…そんな事する筈《はず》無いでしょう」

「だって、今…僕を後ろから…」

そう言いかけた正也は、その瞬間目の前に居る美雪に恐怖を感じ、膝が震えた。それでも目に力を込めて、美雪を見返した。

「何故《なぜ》、どうして僕を…？」

「フフッ、ばれちゃったら仕方無いわね。タイミングをミスっちゃったわ」

美雪は口許《もと》に微笑をたくわえ、岩から草の上に飛び降りると正也に向き直った。その顔は今まで正也が見た事の無い不気味な顔だった。

「そうよ。私は今、あなたをそこから突き落として私も飛び降りようと思ってたのよ」

「ど、どうしてそんな事を…!?」

「あなた分からないの？　散々今まで私の事を話してあげたじゃない。死にたくなっても当然だと思わない？」

「そ、そんな事…」

〃コノヒトハ、イマ、ボクヲコロソウトシタ…？〃

正也の胸の内は、突然の想像もしていなかった出来事に対する困惑《こんわく》でいっぱいだった。

美雪は尚も厳しい目付きを正也に向けたまま続けた。

「私、あなたに話したでしょう。父さんが死んじゃって、その後に来た継父《くそおやじ》に暴力を振るわれて、群馬《ここ》から逃げて東京へ行ったたって。その後、東京で出会った男にも『結婚してくれ』って言われたのにそれもダメになって、戻って来たら実家も何も無くなってたのよ。

もう私が死んだって悲しんでくれる人なんて誰も居無《いな》いわ！　だから、だから！

ウワ〜！」

美雪はその場に立ったままヒステリックに大声をあげて嘆《な》き喚《わめ》き始めた。

正也はその状況を唯々《ただただ》目を大きく見開いたまま見つめる事しか出来なかった。両手はワナワナと震え、頭の中が真っ白になっていくのを感じた。

「…ど、どうして僕を…」

その一言《ひとこと》が正也の口からポロリと漏《も》れた。

「そんな事も分からないの⁉　私はもう全てを失ったどうしようも無い人間よ。そんな私に正也君は優しくしてくれたじゃない。同情なんかしてほしくないわ。でも私だって最期《さいご》位、優しくしてくれた男《ひと》といっしょに死にたいわ‼」

その言葉が正也の胸を貫《つらぬ》いた。

〝この人はそこまで思い詰めていたのか…、二日間いっしょに居たのに僕は全く気付かなかった…。〟

「私にはもう何も無い、何も残ってないのよ。生きていても仕方の無い人間なのよ！　家族も恋人も居無い、友達だって居やしないわ。お金だって希望だってもう何も無いわ。

だから私は幼《おさな》い頃の楽しかった思い出の場所、この『トンボヶ原』を最期に見たかったのよ。私は死ぬ為に此所へ来たのよ！」

正也には返す言葉が見付からなかった。

「何っ、何その顔は⁉　同情なんかしてほしくないって言ったでしょう。哀《あわ》れみなんかかけてほしくないわ！」

気が付くと正也の頬《ほほ》を一筋の涙が零《こぼ》れ落ちていた。しかし正也自身、その涙の意味が理解出来ないでいた。美雪の言う同情の涙なのか、自分が殺されそうになった恐怖心からの涙なのか、それとも余《あま》りに身勝手《みがって》な美雪の行動に対する怒りの涙だったのか。

今の正也にとって唯一《ゆいいつ》はっきりしているのは、二日間行動を共《とも》にした女《ひと》が目の前で取り乱しながら嘆き喚いているという事だけだった。

「何格好つけてるのよ⁉　殺されそうになったのが恐くて泣いてるの⁉　この意気地《いくじ》無《な》し‼」

その言葉が正也の心の奥底でくすぶっていた何かに触《ふ》れた。と同時に正也の中で何かが弾《はじ》け、今までに体験した事の無い熱い感情が吹き上がってきた。そして正也は眉を釣り上げて美雪の顔を睨《にら》みつけた。

「な、何よ、そんな恐い顔して…、私は今更《いまさら》何も――」

「それじゃあ、いっしょに死にましょうよ」

正也は静かな中にも力《ちから》を込めた口調でそう言うと岩を下りた。

「…何っ、何を言ってるの…？　あなたも死んじゃうのよ…」

「当たり前ですよ。この二日間ずっとあなたに振り回されて嫌な思いばっかりでしたよ。

美雪さんがそこまで言うなら、最期まで付き合いますよ」

正也がゆっくりと歩《ほ》を進めると美雪は後退《あとずさ》りした。

「なっ何？　あなた頭が変になったの？」

「変なのは美雪さんの方でしょう。散々我がまま言って、その揚《あ》げ句《く》に僕を殺して自分も死ぬ⁉　それなら望み通り付き合ってあげますよ。さぁ！」

そう言って正也は美雪の左腕を掴んだ。

「ちょっと止《や》めてよ！　私、私は――」

「死にたいんでしょう？　さぁ僕といっしょにその岩から飛び降りましょう」

正也は冷淡な目つきのまま美雪の腕を引っぱり、強引に岩の上へ連れていこうとした。

「止めて、止めてよ！　離して！　正也君、恐い」

美雪は正也の手を振り払い、その場に座り込んでしまった。

「何だ、やっぱり死ぬのが恐いんじゃないですか。そんなんで僕を殺して自分も死ぬ？　冗談もいい加減にして下さいよ。付き合わされるこっちがいい迷惑だ。恋人も家族も居無い？　だったら新たに創ればいいじゃないですか。お母さんや妹さんだって碌《ろく》に探しもせずに勝手に居無いって決めつけて！　男に振られたんなら、もっといい男を捕まえればいいだけじゃないですか！　自分がもっといい女になって、男の方が寄って来る位の女になればいいじゃないですか！　違いますか⁉」

正也は美雪を見下したまま厳しい言葉を浴《あ》びせかけ、美雪はその場に座り込んだまま動く事が出来なかった。

「…私、…私」

美雪の両目から大粒の涙が止めどなく流れ落ちた。

「とにかく、僕はもうこれ以上あなたの我がままに付き合ってられません。帰ります！　美雪さんはそこから飛び降りたいんなら、ひとりで行って下さい」

そう言うと正也は座り込んでいる美雪の前を通り、草群《くさむら》の中を停めていた車へ向かって歩き出した。しかし、数メートル先で足を止めて振り返った。

「僕は車に戻ったら、三十分だけ待ちます。それでも美雪さんが戻って来なければひとりで帰りますから…」

その言葉にも美雪は微動《びどう》だにせず、その場に座り込んだままだった。

正也はそのまま草群を横切り、車へ戻ると運転席に座り窓を全開にして椅子を倒して横になった。そしてひとつ大きな溜め息をついた。

〝美雪《あのひと》さんは、あんなに思い詰めていたのか…。最初出会った時から急に怒りだしたり、妙《みょう》に甘い言葉をかけてきたり、情緒《じょうちょ》の不安定な人なんだとは思ってたけど…。でもまさか僕を道連《づ》れにして死のうと思ってたなんて…。

えっ、でも僕は『いっしょに死のう』なんて言っちゃったけど、もしあの時美雪さんが『それじゃいっしょに――』なんて事になってたら、今頃僕は…。〟

そう思うと正也は身体中に寒気を感じ、両腕に鳥肌《とりはだ》が立った。

〝でもどうして僕はあんな事を言ったんだろう…？　あの瞬間《とき》は何も考えられず、言葉だけが勝手に飛び出したみたいだった…。〟

正也はまたひとつ溜め息をつくと腕時計に目をやった。

〝…美雪さんは来るかな…？　いいさ、来なければ僕ひとりでこのレンタカーを返して、行く予定だった草津温泉にひとりで行くだけだ…。

いや待てよ。もし美雪さんが来なければ…、あそこからひとりで飛び降りて死んじゃったら、ひょっとして僕に殺人の疑いがかかるんじゃないのか⁉〟

正也は慌てて飛び起きた。

〝そうだ。美雪さんの遺体が見つかったら、当然警察の捜査が始まる筈だ。そうすると僕らが泊まっていたホテルやこのレンタカーの事も調べられる。そうすると最後にいっしょに居た男、つまり僕が容疑者《ようぎしゃ》になってしまうんじゃないか⁉　冗談じゃない。でもホテルやレンタカーの店で僕の事なんかすぐに調べがついてしまうだろう…。〟

正也の額《ひたい》には先程までとは違う汗が滲《にじ》み出てきた。

〝今から美雪さんを迎えに行こうか…、いやもう遅いかも知れない。どうしよう…。〟

正也は車の中でひとり焦《あせ》った。そして美雪が来る事を心の中で祈りながら、身を起こして草原の先を見つめた。

十数分後、正也の心配は事無《ことな》きを得た。引きずるような足取りで戻って来る美雪の姿が見えた。

「来た！　良かった」

正也の口から、思わず安堵《あんど》の言葉が漏れた。

美雪は打《う》ち拉《ひし》がれたように顔を伏せたまま車に近づくと無言でドアを開け、助手席に座った。

「行きますよ…」

その言葉にも美雪は黙って小さく頷《うなず》くだけだった。正也は車をユーターンさせると来た道へとハンドルを切った。

美雪は魂《たましい》が抜けたようになって助手席に座ったままずっと下を向いていた。

〝何か慰《なぐさ》めの言葉をかけてあげた方がいいのだろうか。〟

そう思った正也だったが、その言葉さえ思い浮かばず、二人を乗せた車はゆっくりと山道を下って行った。

八、再　会

「…お腹《なか》、空《す》いてませんか？」

正也の問いかけにも美雪は何も答えなかった。

「この先に昨日寄《よ》った『あんこや』っていう店が有りましたよね。そこで何か食べましょうよ」

「…何も食べたくない…」

美雪の態度はべそをかいている子供のように頑《かたく》なだった。

「いや、行きましょう。僕はお腹が空きましたから行きます。美雪さんもいっしょに何か食べましょう」

正也のしっかりした口調に美雪は顔を上げて不思議そうに正也を見た。

「今はまだお昼を過ぎたばかりだから、きっとお店は営業してますよ。行きましょう」

「…もう私の事なんか放《ほ》っといて…」

美雪は小さな声でそう呟《つぶ》やいた。

やがて車は昨日美雪がトイレを借りた店『あんこや』に着き、店の脇の空いたスペース、今朝《けさ》から停まっていた赤い車の横に正也は車を停めエンジンを切った。

「さぁここで何か甘い物でも食べましょう」

「私、何も食べたくないって言ったでしょう」

「いや、だめです。何か食べないとまた妙《みょう》な事を考えてしまいますから」

「妙な事って何よ？」

「分かってるでしょう」

正也はそう言うと車を降り、助手席側に回りこんでドアを開けた。

「さぁ早く。僕といっしょに何か食べましょう」

強引とも思える正也の行動に美雪は戸惑った。

「わ、分かったわよ。でもお化粧を直したいからちょっと待って」

「分かりました。それじゃあ僕はここで待ってます」

そう言って正也はドアを閉めた。

ほど無く助手席のドアが開き、降りてきた美雪の両瞼《まぶた》はまだ少し腫《は》れていた。

「何かおかしい？」

「いいえ大丈夫ですよ。行きましょう」


「こんにちは」

先に立った正也が店の戸を開けると店内に昨日の背の高い男の姿が目に入った。

「はい、いらっしゃい。…あっ、あれっお客さん昨日の…」

「えぇ昨日寄らせてもらった者ですけど、今日は何か食べさせてもらおうと思って」

「そうですか、どうぞ入って下さい。…あぁそう言えば見付かりましたか？…えっと、何とかっていう高原は？」

「えぇ、まぁ何とか…。今そこへ行って来た帰りなんですよ」

「そうですか、良かったですね。どうぞ座って下さい」

店内に他の客の姿は無く、二人は壁《かべ》側のテーブルに向かい合いに座った。

「出来る物はそこの壁に書いてある物位ですけど、あと飲み物はアイスコーヒーとオレンジジュース、コーラ位かな…」

「それじゃ、僕はアイスコーヒーを、美雪さんは何にする？」

「…私もそれでいいわ」

「それじゃ、アイスコーヒーを二つ。それから…」

正也は壁の品書きに目を移した。

「う〜ん、団子の種類は…、あっそうだ。この店のお薦《すす》めは何ですか？」

「お薦めと言われましても…、あぁ色々な団子の盛り合わせが出来ますよ」

「じゃあそれをお願いします」

「分かりました」

男は手にしていたメモ帳に注文の品を書きこむと二人に頭を下げて奥へ歩いて行った。

「お〜い、お客さんだよ。アイスコーヒーを二つ頼むよ」

「は〜い、分かりました」

男の声に、その姿は見えなかったが若い女性が答えた。

正也は改《あらた》めて正面に座った美雪の顔を見つめながら小声で話しかけた。

「美雪さん、この後街《あとまち》まで送るからもう馬鹿な事は考えないで――」

「気を使わなくていいって言ったでしょう」

美雪はまだふてくされていた。

「でも僕だって、あなたを放って置く訳にはいかないから…」

「だから最初に出会った駅まで行ってくれれば、それでいいわ。もうそれ以上余計なおせっかいはしないで！」

「う、うん、分かった…」

「お待たせしました」

店の奥に背を向けていた正也の後から若い女性が、お盆に乗せたアイスコーヒーを二人のテーブルに持って来た。

「アイスコーヒーがお二つですね。お団子の方は今――」

「あっすみません」

と正也が振り返ってその女性を見ると女性は二つのグラスをテーブルの上に置いた状態のまま固まってしまったかのように動きを止めていた。

「えっ…、どうしたんです…？」

正也が正面に座っている美雪に視線を戻すと美雪も同様に口を半分開け、その女性を見つめたまま時が止まってしまったかのように動きを止めていた。

「えっえっ、何っ、どうしたんですか、二人とも…？」

正也は二人の女性の間で、二人の顔を交互《こうご》に見返したが、二人とも見合ったまま息もしていないかのようだった。

「…お、お姉《ねえ》ちゃん…？」

「あ、あなた美鳥《みどり》なの…？」

二人の声にならないような声が漏《も》れ、それが聞こえた正也も驚きを隠せなかった。

「ええっ、この人、美雪さんの妹さんなんですか⁉」

正也の声で我に返ったその女性は、持っていたお盆を胸に抱くと慌てて奥へ向かって走った。

「ちょっと、ちょっと大変、大変！　邦彦《くにひこ》さん早く来て！」

「何だい、どうしたんだい？　今、団子を焼いてるんだよ」

「それ所《どころ》じゃないの。お姉ちゃんが、お姉ちゃんが来てるのよ！」

「ええ、何言ってるんだい？」

慌てる美鳥と邦彦と呼ばれた先程の店主らしい男との会話が奥から聞こえ、正也はどうしたものかと思ったが、目の前の美雪を見守ることしか出来なかった。

「えっ君のお姉さん？」

「そうよ。早く、早く来てってば！」

美鳥はその男の手を引いて戻って来た。

「…このお客さんが君のお姉さん…？」

「そうよ、前に話したでしょう。高校を卒業して家を飛び出した姉がいるって。お姉ちゃん、今まで何処《どこ》へ行ってたの⁉　何をしてたの⁉」

「…御免なさい。私、私…」

美雪は美鳥の顔を直視《ちょくし》出来ず、顔を伏せて言葉に詰《つ》まった。

美鳥は美雪に寄りそうとその両手を握りしめた。

「ううん、いいの。お姉ちゃん、よく帰って来てくれたわ。もうそれだけでいいの」

美鳥の目から一粒の涙がこぼれ落ちた。

「今まで何処に行ってたの…？」

「私、私は東京に行ってたの…」

美雪は顔を伏せたまま小さな声で答えた。

「そう…、でもお姉ちゃんが帰って来た事を知ったら、母さんも喜ぶわ」

「えっ母さん！　母さんは元気なの⁉」

「元気よ。今、家に居るわ」

「家って…、実家は駐車場になってたじゃない。それに継父《あいつ》は…？」

「あぁあの継父《おやじ》、あいつは出て行ったわ。もう帰って来ないわよ、きっと」

「えっどうして？　どういう事…？」

「あいつの事なんかより、先にこの人を紹介させてよ」

美鳥は自分の横に立っていた背の高い男を自分の前へ押し出した。

「この人、私の御主人様《ごしゅじん》。邦彦さんっていうのよ」

「主人…？　えっあなたこの人と結婚したの⁉」

「そうよ、昨年ね」

美雪は邦彦の顔を見上げた。

「あっどうも初めまして…、私、山見邦彦《やまみくにひこ》と申します。…あの、妹さん、美鳥さんと昨年、その…、いっしょになりまして…」

急な事態に邦彦も落ち着いた対応が出来なかった。

「何緊張《きんちょう》してるのよ。それは今、私が言ったでしょう」

「で、でも美鳥、あなた…、随分《ずいぶん》年が離れてるんじゃないの…?」

「ほらっまた言われちゃったじゃないの！　だから普段からもっと若々しい格好《かっこう》してって言ってるじゃない。髭《ひげ》くらい毎日剃《そ》りなさいよ」

「う、うん、今日はまだ、その…。でも、私まだ三十六歳なんですけど…」

「えっそうだったんですか⁉　私、てっきり…」

「でもねお姉ちゃん、この人こんな老《ふ》け顔なんだけどけっこう凄《すご》いのよ。証券会社の副支店長だったのよ。ほらっ駅の前に大きな空き地があったじゃない。あそこに証券会社の支店が出来て、この人そこで働いてたのよ」

「証券会社の副支店長…」

「そうよ、この人こう見えても会社での営業成績は抜群《ばつぐん》だったのよ」

「お前ね、さっきから『老け顔』だの『こう見えても』だの、ちょっと酷《ひど》くない？」

「だって本当の事じゃない」

「う、うん、まぁそうだけど…。あの、私が居た会社は外資系《がいしけい》だったんで、実績評価だったんですよ。それで私は、たまたま運が良くて…」

邦彦は少し誇《ほこ》らしい顔を見せた。

「でもその副支店長さんが、どうして…？」

「えぇ私は海外の勤務が長かったんですけど、その後《あと》大阪に二年程居て、その後群馬《ここ》へ来たんです。まぁ給料とかは悪くなかったんですけど、何て言うか…、社内の人間関係とかお客さんとの付き合いなんかに疲れていたんですよ。それで美鳥さんと知り合って結婚するのを機会に退社して、…こういう事になったんです」

「そうなのよ。私、高校を出て駅前にあった中華料理店で働いてたんだけど、そこにこの人が直々《ちょくちょく》食べに来て、そこで知り合ったの。

それで『結婚するんなら、自分の店が持ちたい』っていうのを条件にしたら、この人、『それでもいい』って言ってくれたのよ。

私、昔から甘い物が好きだったじゃない。だからこういう店を持つのが夢だったのよ」

美鳥は嬉しそうな顔で話した。

「…そう…。でも悪いけど、このお店それ程お客さんが入ってないようだけど、大丈夫なの？」

「そりゃまだこの店を譲《ゆず》ってもらってから、そんなに経《た》ってないけど、私はそんなに流行《はや》らなくてもいいと思ってるの。そんなに儲《もう》からない小さな店でいいの。本当に自分が良いと思った商品《もの》を出せる店を二人で仲良く続けられればそれでいいって思ってるの。

それにね、この人証券会社に勤めてたから株に詳しいのよ。今も個人で売買してて、この間も一週間で四十万円位儲かったのよ。ねっ！」

「ええ、まぁその時は運が良かったんですけど、株は正確な情報があれば…」

そう言いかけて邦彦はふいに辺《あた》りを見回して鼻をピクつかせた。

「どうかしたの？」

「…うん、いや…何か焦《こ》げ臭い気がするけど…。あっいけない！　団子を焼いてたんだ！」

そう言うと邦彦は慌てて奥へ走った。

「あ〜だめだ。団子が炭になっちゃった」

奥から残念そうな邦彦の声が聞こえた。

「もぅ本当にドジなんだから。もったいないわね。もう一度焼き直してよ」

「…あの、こっちへ座って下さいよ」

ずっと頭越《ご》しに会話を聞いていた正也は、アイスコーヒーの入ったグラスを持って立ち上がり、美鳥に席を譲って自分は隣のテーブルへ席を移した。

「あっありがとう。…あれっこの人は…？」

「えっ、あぁこの人は…その、今付き合ってくれてる人よ」

美雪は目の前に座った美鳥と正也の顔を交互に見ながら答えた。

「へぇお姉ちゃん、今この人と付き合ってるの…?」

美鳥は正也の顔や服装を興味深気《きょうみぶかげ》に見回した。

「お姉ちゃんにしては、何て言うか…、地味《じみ》な人、普通の人を選んだのね」

それを聞いて正也は思わず苦笑した。

「それってどういう意味よ?」

「だってお姉ちゃん、学生時代凄くもてたじゃない。男の子から人気があったの私、覚えてるわ。だって、それが私の自慢だったんだもん」

「そ、そうだったかしら…」

美雪は落ち着かない目を正也に向けた。

「そりゃそうでしょう。僕だってそう思ってましたよ。僕はまだ美雪さんとお付き合いをさせてもらってからそんなに経ってないけど、最初見た時から美人だと思ってましたし、その時付き合ってる人が居無《いな》いって聞いて驚きましたよ」

「ねっ、そうでしょう」

美鳥と正也は顔を見合わせて頷《うなず》いた。

「もぅ、二人して馬鹿な事言わないでよ。

それより美鳥、あの継父《おやじ》、あいつはどうしたの？　さっき出て行ったたって言ったでしょう。どうして…？」

「あぁ継父《あいつ》、あいつはね、私が投げ飛ばしてやったら家に帰って来なくなったのよ」

「投げ飛ばした？　あなたがあいつを…？」

「そうよ。あいつ、お姉ちゃんが居無くなった後も自分は働かないくせに私や母さんに暴力を振るってたのよ。それで、確か私が高三の時だったわ。私が学校から帰って来たら、また酔って母さんを足蹴《あしげ》にしてたから私が間《あいだ》に入って『止めてよ！』って言ったのよ。

そしたらあいつ、私にまで殴りかかってきたの。それで、私あいつの腕と胸倉《むなぐら》を掴んでこうやって思い切り体落《たいお》としで投げつけてやったのよ」

美鳥は得意気に身振りを加えた。

「た、体落として…、あなたが…？」

「そうよ。あいつ頭と背中を思い切り壁にぶつけて驚いてたわ。その後、後《うし》ろに回り込んで送《おく》り襟絞《えりじ》めで絞め上げてやったわ。あいつ口から泡《あわ》を吹いて落ちかかってたわ。

母さんが止めなかったら、私本当にあいつを絞め殺してたかも知れないわ」

「…でも相手は男でしょう。それにあなた、送り襟絞めって…」

「あれっお姉ちゃん知らなかったの？　私、中二から柔道習ってて、高校でも三年間柔道部だったのよ。これでも女子の中量級で県のベストエイトになった事もあるのよ。

それにあいつ碌《ろく》に働いてもいなかったから、身体だってヒョロヒョロだったし、酔ってたから足許《あしもと》だって隙《すき》だらけだったわ。あんなのを投げ飛ばすのは簡単よ」

「それで、あいつ…」

「そうよ。あいつその事が余程《よっぽど》応えたのか、それから家に寄り付かなくなったのよ」

「…美鳥、あなた強くなったのね…」

「そりゃそうよ。あんな奴が家に居るんだもん、私だって自分の身体《からだ》位自分で守らなきゃって思ったわ。それにお姉ちゃんが居無くなったから、母さんを守ってあげられるのも私だけだったもん」

「…御免なさい、私…」

美雪は両手で顔を覆《おお》った。

「違うの、お姉ちゃんを攻《せ》めてるんじゃないわ。私はただやられっぱなしが嫌《いや》だっただけよ。でもね、その後がもっと酷いのよ」

「えっまだ何かあったの⁉」

「あいつが出て行って良かったと思ってたんだけど、その後三カ月位してからだったかしら、知らない不動産屋の人達が来て住んでいたあの家の立《た》ち退《の》きを迫ってきたの」

「えっどうして？　あの家は父さんが亡くなった後は母さんの名義《めいぎ》になってた筈《はず》でしょう」

「勿論そうなんだけど、あいつ私達が留守の時に勝手に家に入り込んで家の権利書や印鑑を持ち出して、それを不動産屋に売っちゃったらしいのよ」

「えっそんな事、勝手に出来ないでしょう。だって――」

「そう、本当はそんな事出来ない筈なんだけど、母さんとあいつは夫婦って事になってたじゃない。それを利用したらしいのよ。詳しい事は分からなかったけど、とにかくあの家も土地も他人《ひと》の物になっちゃって、あいつはそれを売ったお金を持ってどこかへ行っちゃったのよ」

「ひ、酷い…。あいつ、そんな事まで…、それであそこが駐車場になってたのね…」

「あの時はさすがに母さんも落ち込んじゃって『二人で父さんの所へ行こう』なんて言い出したんだけど、私が『それだけは絶対にダメ！』って言って止めたのよ」

「…そ、そんな事まで…」

「まぁ安いアパートを借りる事が出来たんで何とかなったけど…」

「あなたも苦労したのね…。それにしてもあいつ、本当に許せないわね」

「そうよ。だから私、次にあいつを見付けたら今度こそ絞め殺してやるわ！」

美鳥は左手の拳《こぶし》を強く握って見せた。

目の前で力強い妹の姿を見せつけられた美雪は、その顔を正視する事が出来なかった。

「…美鳥、御免なさい。私、私だけが逃げ出しちゃって…、あなたにばかり苦労させちゃって、本当に御免なさい…」

美雪は両手で顔を覆い、その両目からは涙が流れ出ていた。

「止めてよ、お姉ちゃん。私はお姉ちゃんが帰って来てくれただけでいいんだから。これから私達でもう一度やり直せばいいいだけじゃない」

美鳥は席を立ち、両手で美雪の肩を抱きしめ、その美鳥の目からも涙が溢《あふ》れ出ていた。

九、明日《あした》へ

「お待ちどう様。やっと団子が焼けましたよ…。あれっ？」

大皿に盛られた団子を持って奥から出て来た邦彦は、泣きながら抱き合う二人の姿を見て呆気《あっけ》にとられた。

「あれれ…、どうしたの？」

「もうっ本当に間《ま》の悪い人ね！　数年ぶりの姉妹の再会に感動してたのに！」

美鳥はその顔を邦彦に向けた。

「あらっそうだったの、すみません…。あれっ泣いてるの？」

「泣いてなんかいないわよ」

美鳥は左手の甲で涙を拭きながら、無理に笑顔を見せた。

「そう、じゃあ皆でこれを食べようよ。今焼きたてだから」

邦彦は大皿をテーブルに置き、自分も美鳥の隣に座った。

「今度は焦《こ》がしてないでしょうね？」

「大丈夫だよ。つきっきりで集中してたから。二度も焦がしたら君に何を言われるか分からないしね。…あっそっちの彼も手を伸ばして下さい」

邦彦は正也にも団子を勧《すす》めた。

「ありがとうございます」

と、手を伸ばそうとした正也に向かって美鳥が口を開いた。

「ところで、あなたはお姉ちゃんと付き合ってどの位になるの？」

「えっ、僕は…」

急に話を振られて、正也は出しかけた手を引っこめた。

「あっこの人はね、東京で働いてる正也《せいや》君よ。まだ知り合って何日も経《た》ってないけど、とても優しいのよ」

動揺《どうよう》する正也に代わって美雪が答えた。

「へぇそうなの…。お姉ちゃん、もしかしてこの人を母さんに紹介するつもりで連《つ》れて来たんじゃないの？」

美鳥は疑うような目を美雪に向けた。

「ち、違うわよ。私が『トンボヶ原』へ行きたいって言ったんで、レンタカーを借りて付き合ってくれたのよ」

「あぁ『トンボヶ原』覚えてる！　私達が小さい頃皆《みんな》で行った『トンボヶ原』でしょう。その『トンボヶ原』って名前も私が勝手につけたんだったわよね」

「あなた、よく覚えてるわね。あの頃まだ幼稚園じゃなかった？」

「そうかも知れないけど、トンボがいっぱい飛んでて、それを追っかけて凄く楽しかった事を覚えてるわ。母さんがおにぎりを作ってくれて、父さんの運転する車に乗って皆で行ったのよね」

「そう。その『トンボヶ原』、この少し先だったのよ」

「えっ本当に⁉　私、此所《ここ》でお店をやってるのに全然知らなかったわ！」

「あの…、その話はいいんだけど、せっかく焼きたてなんだから冷《さ》める前に食べてくれないかな」

　邦彦が口を挟んだ。

「あっ忘れるところだったわ。いただきます。お姉ちゃんも彼氏も食べてみて」

四人は手を伸ばし、大皿に盛られたまだ湯気《ゆげ》の出ているあんこや醤油ダレの付いた串団子を手に取り、口に運んだ。

「…どうかな、味は…?」

「うん、とても美味《おい》しいわ」

「柔らかくて、温《あ》ったかいし、とても美味しいです」

美雪と正也は褒《ほ》めたが、美鳥だけは渋い顔をしていた。

「…う~ん、まぁまぁね。このタレもう少し黒砂糖を増《ふ》やした方がいいんじゃない。それに今は夏だからこれでいいけど、季節が変わったら焼き方も考えた方がいいわね。…六十五点って所ね」

「相変わらず評価が厳しいなぁ」

「当たり前でしょう、お客さんからお金を頂《いただ》くのよ。もっと勉強しなきゃ! それよりお姉ちゃんと彼氏のアイスコーヒー、氷が溶けちゃってるじゃない。新しいの持って来て。私はオレンジジュースね」

「はいはい、分かりましたよ」

そう言って邦彦は席を立った。

「それでお姉ちゃん、これからどうするの？」

「えっ、どうって…？」

「また何処《どこ》かへ行ったりしないわよね」

「そ、それは…、考えてみないと…」

美雪は返答に困った。

「せっかく帰って来てくれたんだから、このまま群馬《こっち》に居てよ」

「う、うん、でも…仕事とかも…」

「だったらこの店を手伝《てつだ》ってよ」

「でもこの店、そんなに忙しそうじゃないけど…」

「これから忙しくなるわ。それに私、来年母親になるんだもん」

「えっ母親って、あなたもう子供が——」

美雪は驚いて、食べかけていた団子を落としそうになった。

「そうよ、此所に居るの。私と邦彦さんの子供が。先月辺りから、どうも体調が良くないんで病院へ行ったら『おめでたです』って言われたのよ」

美鳥は左手を自分の腹にあてがいながら、嬉しそうな顔を見せた。

「そ、それはおめでとう…」

「ありがとう。だからお店も手伝ってほしいし、母さんの事もあるからお姉ちゃんには近くに居てほしいのよ」

「そういう事情なら、仕方無いわね…」

「ありがとう。本当に助かるわ！」

「はい、お待ちどう様。飲み物を持って来たよ」

そこへアイスコーヒーとオレンジジュースをお盆に乗せて邦彦が戻って来た。

「ねぇ邦彦さん、お姉ちゃんがこの店を手伝ってくれるって」

「本当ですか。それは助かるなぁ」

「お姉ちゃん美人だから、きっとお客さんが増えるわよ」

美鳥は嬉しそうに勝手に話を進めた。

「ちょっと待って。その前に母さんとも相談したいわ。だってまだ顔も見てないのよ」

「そうね、でも母さんが反対する筈は無いと思うわ。でもやっぱり先に母さんと会って来ないとね。…あっそうか、母さんが住んでるアパートの場所、お姉ちゃん知らないのよね。今地図を書くわ。邦彦さん、そこのメモを取ってくれる」

「はいはい、今持ってくるよ」

今仕方席《いましがた》についたばかりの邦彦は、また立ち上がりカウンターの上に置いてあったメモ用紙を取り、美鳥に手渡した。

「ありがとう」

美鳥はメモ用紙をテーブルに置くと、地図を書きながら説明を始めた。

「此所が前の私達の家で、その先にコンビニが出来たんだけど、その先の狭い道を…」

「私も高校までこっちに居たんだから、その辺りは分かるわよ」

「あっそうよね。それじゃ国道脇《わき》のスーパーがここで、それから――」

美鳥は得意気にアパートの場所を詳しく美雪に説明し、そのメモ用紙を手渡した。

そして、その後は邦彦も含めて同じテーブルの三人で邦彦と美鳥の出会いからいっしょになるまでの話で盛り上がった。

正也だけは隣のテーブルに座り、串団子とアイスコーヒーを口にしながら三人の話に耳を傾《かたむ》け、時折《ときおり》驚いたり、頷《うなず》いたり、相槌《あいづち》を打ったりしていたが、何となく自分だけは蚊帳《かや》の外《そと》という疎外感を感じていた。

しかし、内心正也は嬉しかった。二日間ずっと同行していた美雪が、この店に入る前には死んでしまおうとまで思い詰めていた美雪が、探す事さえ諦《あきら》めていた妹の美鳥と会う事が出来、今自分の目の前で楽しそうに笑っている。今の正也にはそれが何より嬉しかった。

〝良かった。本当に良かった。美雪さんのこんなに喜んでる顔は見た事が無かった…。〟

正也の口許《もと》には自然と笑みが浮かんでいた。そんな正也に気付《きづ》いた美鳥が、正也に視線を向けた。

「お姉ちゃん、彼氏が何だか淋しそうにしてるわよ。放って置いちゃだめじゃない」

「えっ、そんな事ないわよね、正也君」

「ええ僕も聞いてるだけで楽しいですよ。お二人の話、まるで息《いき》の合った夫婦漫才《めおとまんざい》みたいで面白いですよ」

「やだっちょっと聞いた邦彦さん⁉　私達、夫婦漫才だって」

「へぇ、そんな事言われたのは初めてだね。でも僕は嬉しいよ」

「どうして？」

「だって『息の合った』って言ってくれたじゃない。それは夫婦として大切な事だよ。僕は何だか、やっと僕の苦労を分かってくれる人が現れたって気がするよ」

「あら、私だって苦労してるわよ」

「もういいじゃない。そんな話は後で二人でゆっくりしてよ」

美雪がたしなめた。

「でも、僕も御主人とはもっと話をしたいですね。会社の事や株《かぶ》の事なんかも…」

「そうかい、僕も何となく君とは話が合いそうな気がしてたんだよ。美鳥に株の話なんかしても全然分かってくれないからね」

「何ですって⁉」

「あっ、いや、その…」

「ハハハハ…」

他に客の居無い山の中の小さな店の中ではしばらく四人の楽しそうな会話と笑い声が絶《た》えなかった。


「あらやだ、もうこんな時間!?」

美雪が目をやった壁の時計は午後三時を過ぎていた。

「お姉ちゃん、これから何処《どこ》へ…?」

「そりゃ母さんと会ってくるわ。今頃だと家に居るかしら?」

「買い物にでも出掛けてなければ、きっと居ると思うわ」

「そう、じゃあ行って来るわ。正也君、お願いね」

「えぇ分かりました」

そう言うと正也は席を立ち、財布を取り出して団子の代金を払おうとしたが、美鳥達がそれは受け取れないと言うので、この場はその言葉に甘える事にした。

数分後、エンジンをかけた軽車両に乗り込んだ正也と美雪は窓を全開にして、邦彦と美鳥に別れの挨拶を交《か》わしていた。

「それじゃ、どうも御馳走《ごちそう》様でした」

「お姉ちゃんを宜《よろ》しくね。…えっと正也さんでしたっけ」

「また団子を食べに来て下さい。今度はもっと上手《じょうず》に焼けるようにしておきますんで」

「美鳥、ありがとうね」

「それじゃあ、出発しますよ」

正也はゆっくりと車を動かし、店の前に立った邦彦と美鳥は車が見えなくなるまで手を振っていた。

「良かったですね、妹さんも元気で」

木漏《こも》れ日《び》が差す山道に車を走らせながら、正也は美雪に話しかけた。

「ありがとう。正也君のお陰ね…」

「でも本当に凄い偶然でしたね。たまたま入った店に妹さんが居たなんて」

「私…、何だか偶然じゃない気がするわ」

「えっ、どうしてですか？」

「あの子、あの店で私が来るのを待っていてくれた気がするのよ…」

「まさか！　だってあの店の先に『トンボヶ原』が有るって事も知らなかったって言ってたじゃないですか」

「そう、確かにそうなんですけど、私はそんな気がするのよね…」

美雪のその言葉の後、車内はしばらく不思議な沈黙が続いた。

やがて二人が乗った軽車両は、狭い山道から国道へと出た。

「この道を左でいいんですよね、お母さんの居るアパートへは？」

「そうよ、その先は私が道案内をするわ」

そう言う美雪の横顔は、嬉しさと戸惑いと真剣さが入り混じったようで複雑だった。

「次の交差点を右ね。そのまましばらく真っ直《まっすぐ》よ」

正也は美雪の指示通りにハンドルを切った。

「あっあれじゃないかしら、美鳥の言ってたアパートって」

「そうですか、それじゃそこの空き地に停めますよ」

正也が道脇の空き地に車を停めると、そのアパートは数十メートル程先だった。白い壁が目立つ二階建てで六軒が入居出来そうな小さなアパートだった。

「お母さん、居るといいですね」

正也が助手席の美雪を見ると、美雪は真剣な顔で正也を見返していた。

「…どうかしたんですか、美雪さん？」

「正也君、私の母さんに会ってくれない？」

「えっ、それってどういう事…」

「私、母さんに正也君を紹介したいの。私が今付き合ってる男《ひと》だって」

「ち、ちょっと待って下さい。僕が…、ですか？」

「そうよ。私、本気で正也君とお付き合いしたいって思ってるの」

美雪の突然の告白に驚いた正也は言葉に詰まってしまったが、尚《なお》も自分を見つめる美雪から視線を外した。

「…それは無理でしょう…」

「…やっぱり、そうよね。私、散々我がまま言って正也君にいっぱい迷惑かけたもんね…」

「いや、そういう意味じゃないですよ」

「それじゃあ、どうして…?」

「僕と美雪さんじゃ釣《つ》り合《あ》いが取れないでしょう」

「釣り合い…?」

「そうですよ。だって美雪さんは美人だし、今まで付き合った男《ひと》も多いでしょう。いい男からプロポーズまでされた女《ひと》じゃないですか。僕なんか…」

「そんな事ないわ。正也君は私が今まで出会った男《ひと》の中でも一番誠実《せいじつ》で優しかったわ!」

「いや、そんな事ないです。…実は僕、昨夜酔いつぶれた美雪さんに手を出しかけたんです…。だから、誠実な男なんかじゃないです」

正也は申し訳無さそうに目を伏せた。

「えっそうだったの⁉」

美雪は少し驚いたが、特に表情を変えるでもなく続けた。

「…でも何もしなかったんでしょう? だったら何の問題も無いじゃない。若くて健康な男だったら、そんなの当たり前じゃない」

「そ、そうですか…」

「そうよ。それでも今日もこうして付き合ってくれたんだから、やっぱり正也君は誠実な男《ひと》よ」

「…ありがとうございます。でもそれ以外に僕は思ったんですよ。今日会った妹さん夫婦、あのお二人は本当に素晴《すば》らしい夫婦だなって。妹さんも凄く幸福《しあわせ》そうだったじゃないですか。御主人も一流の社会人なのに会社を辞めて妹さんと結婚して、妹さんを凄く大切にしてるのがよく分かったんですよ。

　今の僕には、あんな風に美雪さんを幸福にする自信が無いですよ…」

　美雪は目を丸くしたが、しばらくすると口許に笑みを浮かべた。

「…ありがとう…、そんなに私の事を心配してくれてたのね…。まるで女性《おんな》の扱いに慣《な》れた男《ひと》みたい」

「違いますよ。僕は本当にそう思ってるんです。美雪さんは今まで辛《つら》い事があったんでしょう。だからこれからは幸福になってほしいんです。いや、それが本当だと思ってるんです」

「ありがとう。今の正也君、本当に格好《かっこう》いいわ。初めて会った時は何だかオドオドしてて頼《たよ》りない男に見えたけど…。

でも私、また振られちゃった訳ね」

美雪は小さな溜め息をついた。

「いや、振られたって…」

「いいわ、もうそれ以上気を使わないで。私が増々惨《ますますみじ》めになるだけだから。…でも美鳥にあなたの事を聞かれたらどう答えようかしら」

「だったら言ってやればいいじゃないですか。『お酒も飲めないし、真面目過《まじめす》ぎて面白くない男だから振ってやった』って」

「フフッ、それってどこかで聞いた台詞《せりふ》よね」

「そうでしたかね。でも逆に美雪さんが僕に振られたって聞いたら、妹さんは僕を絞め殺しに来るんじゃないですかね」

「あっそれいいわね。美鳥にはそう伝えようかしら」

「止めて下さいよ。ハハハハ…」

狭い軽車両の中で、美雪と正也は二人だけで顔を見合わせて笑い合った。しかしそれは二人が出会ってから初めての事だった。

「でも正也君、ありがとう」

そう言うと美雪は正也の首に両腕を廻《まわ》し、抱きしめた。

「…ありがとう、本当にありがとう…」

耳許でそう囁《ささや》く美雪を正也も黙って受け止め、正也も両腕を美雪の背中へと廻した。甘酸《あまず》っぱい美雪の髪の毛の香りが正也の嗅覚を強く刺激した。

「…それじゃ、私行って来るわ」

正也の首から両腕を解《と》いた美雪は、そう言うと助手席のドアに手をかけた。

「あっちょっと待って下さい。僕、ひとつだけ聞きたい事があったんです」

「えっ何っ?」

「美雪さん、昨日行った時点であそこが『トンボヶ原』だって分かってた筈でしょう?それなのに昨日はそのまま帰って来て、どうして今日になってあんな事を…」

美雪はしばらく正也の顔を見返したが、首を振りながらその目を逸《そ》らせた。

「フッ、今し方女性の扱いに慣れた男みたいって褒めてあげたばっかりなのに、何も分かってなかったのね」

「…いや、でも…」

「じゃあ教えてあげるわ。あのね、正也君は出会った時からずっと私の言う事を聞いてくれたし、気も使ってくれたじゃない。だから昨日は思ったのよ、〝こんな優しい男《ひと》を死なせたら可哀想《かわいそう》だな。〟って。

でも昨夜《ゆうべ》は私、ひとりで酔ってみっともない所を見せちゃった上に迷惑をかけたでしょう。だから今朝《けさ》からずっと正也君機嫌《きげん》が悪かったじゃない。それで私思ったのよ。

『あぁこの男《ひと》にまで嫌われちゃった』って。

それなら最後に好きになった男《ひと》といっしょに…ってね」

「…最後に好きになった男…？」

その自覚の無かった正也は、キョトンとした顔を見せた。

「ええっ、気が付いてなかったの⁉　私が正也君の事、好きになってた事に今まで気が付いて無かったの⁉」

「えっ、いや…、あの…」

正也は自分の顔が紅くなるのを感じ、左手で頬《ほほ》を押さえて狼狽《うろた》えた。

「嘘《うそ》っ、信じられない！　正也君、もっと本気で女心を勉強しないとダメよ。そんなんじゃ本当に一生彼女は出来ないわよ。ハハハハ…」

美雪は口を大きく開けて愉快《ゆかい》そうに笑った。しかし、その目は濡《ぬ》れていた。

「あぁ久しぶりに大笑いしたら、気分がスッキリしちゃった。本当、正也君は笑わせてくれるんだから」

美雪は目尻《めじり》を人差し指でぬぐいながら、まだ戸惑いを隠せない正也に視線を戻した。

「それじゃあ、今度こそ私行って来るわ」

そう言うと美雪はドアを開け、車外へと降り立った。

「正也君、ここで見ていてね、母娘《おやこ》の十年ぶりの再会を」

「えぇ勿論、いいですよ」

正也も笑顔で答えた。

「それじゃあね」

そう言うと美雪は鞄を手にアパートへ向かって歩き始め、正也は運転席に座ったままそれを見送った。

美雪はアパートの前に立つと郵便受け箱で部屋を確認すると二階への階段を上り始め、奥から二番目の部屋の扉の前に立った。

呼び鈴《りん》を押した。

扉が開いた。

〝年配の女性、驚いてる。お母さんだ！　居たんだ、会えたんだ！　二人が何か話してる。あっお母さん泣いてるのかな…。美雪さんの手を握ってる。…二人で中へ入って行く…。〟

部屋に入る瞬間、美雪は振り返って車の中の正也に向かって小さく手を振った。正也も手を振り返したが、そのまま美雪は部屋の中へ入って行った。

「良かった…」

正也はそう呟《つぶや》くと大きく伸びをして、目を閉じた。すると美雪といっしょに行動した三日間の出来事が目まぐるしく思い出された。

〝駅で会って、いっしょに泊《と》まる事になって、散々我がままを言われて、車で走り回らされて、お金も使わされて…。他人《ひと》に殴《なぐ》られて、吐いた物の処理までさせられて、揚《あ》げ句《く》の果てに殺されそうにまでなって、最後には付き合ってほしいって告白までされて…。

何だかもの凄い三日間だったなぁ。こんな体験は今までの僕の人生で初めての事ばっかりだった…。でも面白かったなぁ…。〟

正也の頬は緩《ゆる》み、満足気な笑みが浮かんだ。

「よしっ、それじゃ僕も行こう！」

正也は自分に言い聞かせるように、そう言い放つと車のエンジンをかけた。

十、お土産《みやげ》

五日後、正也はリンゴのいっぱい入った大きな紙袋を両手に持って出勤した。

「お早ようございます」

オフィスには課長の寺原をはじめ、数人の同僚達の顔があった。

「おぅお早よう田中君。今日から出勤か」

「えぇ今日からです。課長、一週間も休暇を頂きましてありがとうございました」

正也は両手に紙袋を持ったまま寺原に近付き、机の上に紙袋を置いた。

「これお土産です。皆さんで分けて下さい」

「ほぅ、これはリンゴだね」

「えぇ課長に教えて頂いた草津温泉へ行って来ました。リンゴは群馬の名産のひとつらしいんで、皆さんに食べてもらおうと思って買って来ました」

「お前、わざわざ自分の手で持って来たのか？　そんな物、現地から宅配便で送れば良かったのに」

十、お土産

そう言って近付いて来たのは大塚《おおつか》だった。

「あっそう言えば、そういう手もありましたね」

「でも、美味《おい》しそう」

「いい香り」

「本当だ」

他の社員達も寺原の机の周《まわ》りに集まって来た。

「しかし、確かリンゴの旬《しゅん》は秋じゃなかったかな…」

リンゴを一個手にしながら、寺原がそう言った。

「そう言えばそうですね。秋から冬が旬だったと思いますけど…」

「えっそうだったんですか⁉　でも現地《むこう》で味見したら旨かったんで、買って来たんですけど…」

正也は照れ臭そうに頭をかいた。

「お前、本当にドジな奴だなぁ」

「こらこら大塚君せっかくお土産を買って来てくれたのにそんな事言うもんじゃない

よ。

よしっ、それなら旨《うま》いかどうか仕事を始める前に皆で試食してみようじゃないか。飯田《いいだ》君、片山《かたやま》君、悪いけどこれの皮をむいて切り分けてくれないか」

「はい、分かりました」

寺原は二人の女子社員に五個程のリンゴを手渡し、二人はそれを持って奥の給湯室《きゅうとう》へと向かった。

「それで田中君、どうだった？　草津温泉はいい所だっただろう？」

「はい、とてもいい所でした。本当に楽しかったです」

「そうかい。それじゃあその話もいずれ聞かせてもらうとしようか」

「ええ、色々と勉強になりましたし、充実《じゅうじつ》した旅行でした」

満面の笑みを浮かべる正也を見て、寺原は首をかしげて思った。

〝この男、この数日間で何か変わったんじゃないかなぁ…。〟

終

この作品は全てフィクションです。
実際の人物・団体・地名などとはいっさい関係ありません。

著者プロフィール
弓岡　宗治（ゆみおか　そうじ）
1963（昭和38）年、滋賀県出身。
東海大学附属相模高等学校、卒業
中央大学　商学部、卒業
群馬県、在住。

「トンボヶ原」で…
失ったのなら創り直せばいい

2021年12月28日　初版発行

著　者　弓岡　宗治
発　行　上毛新聞社出版部
〒371-8666　前橋市古市町1-50-21
TEL 027-254-9966　FAX 027-254-9965

ISBN978-4-86352-302-9